राहुल सांकृत्यायन

इस पुस्तक का प्रकाशन एवं विक्रय इस शर्त पर किया जा रहा है कि प्रकाशक की लिखित पूर्वानुमति के बिना इस पुस्तक या इसके किसी भी अंश को न तो पुनः प्रकाशित किया जा सकता है और न ही किसी भी अन्य प्रकार से, किसी भी रूप में इसका व्यावसायिक उपयोग किया जा सकता है। यदि कोई व्यक्ति ऐसा करता है तो उसके विरुद्ध क़ानूनी कार्रवाई की जा सकती है।

HB ISBN : 978-93-56824-51-5
ISBN: 978-93-56824-65-2
eISBN: 978-93-56827-15-8

© **प्रकाशकाधीन**

प्रकाशकः प्रभाकर प्रकाशन
प्लॉट नं.-55, मेन मदर डेयरी रोड
पांडव नगर, ईस्ट दिल्ली-110092
फोनः 011-40395855
व्हाट्स ऐपः +91 9319228272
ई-मेलः sales@pharosbooks.in
वेबसाइटः www.prabhakarprakashan.com

प्रथम संस्करणः 2024

मुद्रकः सुषमा बुक बाइंडिंग हाउस ओखला इंडस्ट्रियल
एरिया फेस-II, नई दिल्ली-110020

दिवोदास
राहुल सांकृत्यायन

दो शब्द

‘दिवोदास’ लिखने का ख्याल बहुत वर्षों से था। मेरे ऋग्वैदिक आर्य ग्रंथ को इस ग्रंथ की बड़ी भूमिका समझिये। इसलिए यहाँ बहुत लिखना नहीं चाहता। स्वास्थ्य के कारण मुझे कार्य को कर डालने का ख्याल हुआ। इसलिए लघु उपन्यास लिखना पड़ा।

ऋग्वेद-काल की घटनाएँ उपन्यास का विषय हो सकती हैं, शंबु-विजय और दाशराज्ञ-युद्ध, शंबर-विजय आदि के रूप में दिवोदास के पुत्र सुदास के समय आर्यों के भीतर दाशराज का गृहयुद्ध हुआ। हो सका तो आगे लिखूँगा।

डाबर भवन, कलकत्ता

राहुल सांकृत्यायन

03-07-1961

अनुक्रम

सात पुरियों का ध्वंस

[1220 ई० पू०]

"सप्त यत् पुरः शर्म शारदीर्ददर्त् दासीः"

सप्तसिन्धु (पंजाब) की गर्मियाँ असह्य होती हैं। वहाँ के शरद के बारे में वह बात नहीं कही जा सकती, लेकिन वह कड़ी जरूर होती है। लोग उसे बड़ा सुहावना मानते हैं। सप्तसिन्धु के आर्यों के पास जीवन के आनन्द लेने के लिए समय की कमी नहीं थी। कृषि से उन्हें थोड़े से जौ पैदा करने की जरूरत थी, जिसमें सत्तू, अपूप (रोटी) का काम चल जाय। उनकी असली जीविका पशुओं पर निर्भर करती थी। वह कामना करते थे–

"कल्याण हो हमारे घोड़ों, भेड़ों, बकरियों, नर-नारियों और गायों का।"

(ऋक् १। ४५। ६)।

इन्हीं अपने पशुओं को ले वह चराते थे। राजा और उनमें इतना ही अन्तर था, कि जहाँ साधारण आर्य परिवार में पशुओं की संख्या कुछ सौ होती थी, वहाँ राजाओं के पास हजारों-हजार होती थी। पणियों के समृद्ध नगरों को आर्यों ने तीन शताब्दियों पहले जीता था। वहाँ के आर्य नागरिक जीवन के सुख के इच्छुक नहीं थे। उन्हें अरण्यों और क्षेत्रों का खुला जीवन पसन्द था। इसीलिए वह नगरों में बसने के लिए तैयार नहीं हुए। ग्राम भी उन्हें बाँध नहीं सकते थे। (वस्तुतः 'ग्राम' शब्द अभी परिवारों के झुण्ड के अर्थ में आता था) अपने खेतों के पास उनके कुछ घर भी होते थे, पर घरों में बसकर वह अपने पशुओं का चारण कैसे कर सकते थे। वर्षा उनके लिए सबसे कष्ट और भय का समय था, क्योंकि इस समय सातो सिन्धु ही नहीं, नब्बे स्त्रोत्या (छोटी नदियाँ) और हजारों नाले उमड़ पड़ते थे। आर्यों के घर बह जाते थे, पर उसकी उन्हें उतनी चिन्ता नहीं थी, जितनी कि अकस्मात् धारा के प्रबल हो जाने पर पशुओं के

विनाश की। आर्य पुरोहित बराबर इन्द्र और पर्जन्य की स्तुति करते रहते थे। उनके लिए सोम (भाँग) और होम तैयार करते थे। पर देवता कब किसी के वश में हुए? एक ओर वर्षा में सारी भूमि को हरितवसना, सभी जगह पशुओं के चरने के लिए लम्बी-लम्बी घासों को देखकर उनके मन में खुशी होती थी, तो दूसरी ओर वरुण की लाल-लाल आँखें भी उनके सामने सदा रहती थीं। न जाने कब उनका इशारा पा नदियाँ मनमानी करने लगें।

गर्मी में इस तरह का कोई भय नहीं था, पर वह अपने अन्तिम दो महीनों में अत्यन्त उग्र हो उठती थी। अपने ऊनी वस्त्रों, चमड़े के परिधानों को पसीने से तर देखकर उन्हें दूर हटाने के लिए वह बाध्य होते थे। कभी-कभी नग्न होने का भी मन करता, पर पूरी नग्नता उनके समाज में पसन्द नहीं की जाती थी। शरद उन्हें प्रिय थी, इसीलिए सौ शरद जीने की कामना कर सकते थे। शरद बिताने के लिए वह सबसे उपयुक्त स्थान ढूंढ़ते थे, जहाँ उनके पशुओं के लिए चरने का पूरा सुभीता, प्राणियों को शरद के आनन्द लेने का अवसर हो।

आर्यों के अब पाँच नहीं, पच्चीसों जन हो गये थे, लेकिन मूल पाँच जनों–पुरु, यदु, द्रुह्यु और अनुका अब भी मान ज्यादा था, अब भी वह अधिक शक्तिशाली थे। पुरु जन सप्तसिन्धु के पूर्वी अंचल पर परुष्णी (रावी) से सरस्वती तक फैला हुआ था। कुशिक, भरत तृत्सु आदि उसकी कई शाखाएँ हो गयी थीं, तो भी मूल पुरु जन का सम्मान अधिक था। उसके नेता (राजा) का सभी बड़ा आदर करते थे। आर्य राजाओं और सूरियो (राजकुमारों) में उसको प्रथम स्थान मिलता था। पुरु राजवंश वीरता, निर्भीकता में सबसे आगे रहता था। हरेक पौरव राजा अपने जीवन में ऐसा काम करना चाहता था, जिससे पता लगे कि पुरु कुल की वीरता में अब भी कोई कमी नहीं आई। पुरु सप्तसिन्धु के पूर्वी अंचल पर बसे थे। यहाँ यमुना के पार अब भी कृष्ण-त्वचों (असुरों) की दुनिया थी। उसके उत्तर में दुर्दान्त किलात रहते थे। इस प्रकार उन्हें संघर्ष का अवसर बराबर मिलता रहता था, फिर उनकी ताँबे की तलवारें कैसे भोथी हो सकती थीं?

दृषद्वती (घग्घर) के कछार में दोनों तरफ घासों का मैदान वहाँ तक फैला हुआ था। वहाँ से घना जंगल शुरू हो जाता था। ऐसी समतल भूमि को पाकर पणि खेतों का स्वप्न देखते, लेकिन पशुपालों को क्षेत्र से अधिक गोचर भूमि पसन्द आती है।

इसी मैदान में कहीं बड़े-बड़े सींग और बड़े डील-डौल वाली गायें महाकाय वृषभों के साथ फैली हुई थीं। घोड़ियाँ अधिकतर लाल, किन्तु कुछ सर्वश्वेत और दूसरे रंग के भी अश्व चर रहे थे। सुपुष्ट शरीर और पोरिसे भर-भर के अश्व अपने स्वामियों के सर्वप्रिय प्राणी थे। बरसातों में दृषद्वती अवश्य विकराल रूप धारण करती थी, परन्तु यह शरद का समय था। धारा इतनी रह गई थी, जितनी कि उसके आश्रित पशुओं और मनुष्यों के लिए आवश्यक थी। धारा के पास ही झोपड़ियों का एक समूह था, वह हाल ही में बनी थी। जंगल में फूस और लकड़ियों को काटकर इन्हें तैयार किया गया था। रात में सिंहों और द्विपियों (बघेरों) का पशुओं के लिए डर था, इसलिए झोपड़ियों के बाहर की दीवारों को मजबूत लकड़ियों से तैयार किया गया था। नदी की ओर छोड़कर इन झोपड़ियों की तीन तरफ दीवारें खड़ी की गयी थी, जिनमें भी लकड़ी का उपयोग हुआ था। दृषद्वती यद्यपि आगे चलकर दृष्दों (पत्थरों) वाली नहीं रह जाती थी, वहाँ वह सचमुच दृषद्वती थी। इस स्थान से वृहत् पर्वत बहुत दूर नहीं थे, पर पुरुओं को उनसे कुछ लेना-देना नहीं था।

पशुओं की संख्या और झोंपड़ियों के विशाल ग्राम को देखने ही से मालूम हो जाता था, कि यह साधारण आर्य कुलों का आवास नहीं है। यहाँ पुरुओं का राजा पुरुकुत्स रहने आया था। राजा पुरुकुत्स के साथ इतने अधिक पशुओं और पुरुषों का होना स्वाभाविक था। ग्राम में पुरुष अधिक थे, स्त्रियों की संख्या अपेक्षाकृत कम थी। तरुण आर्य दाढ़ी रखना पसन्द नहीं करते थे। हाँ, अपनी सुनहरी मूँछों पर उनको गर्व था, पर प्रौढ़ होते ही सुनहली दाड़ियों का उन्हें शौक हो जाता था। दाड़ियों का सम्मान कुछ अधिक था। तरुण उनके रोब में आ जाते थे, शायद यह भी कारण हो दाढ़ी बढ़ाने का। एक प्रौढ़ आर्य नेता ने स्वीकार करते हुए कहा था–

"मेरा शरीर छोटा है, मुँह भी उसी के अनुकूल है। यदि रंग में अन्तर न होता, तो मुझे लोग किलात कहने लगते। दाढ़ी रखने से चेहरा भी भरा मालूम होता है।"

हो सकता है, दाढ़ी बढ़ाने का यह भी कारण हो। फिर दाढ़ी रखने से आदमी वप्ता (हजाम) के फंदे से बच जाता है। इस बात का इस आयु में डर ही नहीं था, कि कोई मुस्कराती युवती उसे देखकर भौहें तान देगी। प्रौढ़ पुरुष को अब किसी तरुणी के हृदय चुराने की आशा नहीं हो सकती थी।

यद्यपि पुरुग्राम स्थायी ग्राम नहीं था, तो भी पशुओं-प्राणियों की सभी तरह की आवश्यकताएँ तो वहाँ निश्चित थी, इसलिए झोंपड़ियाँ निश्चित क्रम से बनी हुई हैं। घोड़ों के लिए अलग बाड़े हैं, गायों के लिए अलग। इसी तरह भेड़-बकरियों के लिए अपने-अपने बाड़े थे। अँधेरा होने से पहले ही वह अपने-अपने बाड़ों में पहुँचा दिये जाते। सूर्योदय के साथ दूध दुहे जानेवाली गायों को छोड़ बाकी जंगल की ओर हाँक दिये जाते। धेनुएँ भी थोड़ी देर बाद उनका अनुसरण करतीं। उषा के आगमन की प्रतीक्षा हरेक ग्राम बड़ी उत्सुकता से किया करता। निशा का अँधेरा कितने अज्ञात भयों का वाहक होता है। मनुष्य-शत्रु के किसी समय आ पड़ने की आशंका रहती है। फिर उनसे भी अधिक संख्या में भूत-प्रेत दृषद्वती के तट पर घूमा करते हैं। कोई आर्य योद्धा रात को अकेले हाते से बाहर जाने की कामना नहीं करता। दो पर दस बहुत होते हैं।

लकड़ी की बाड़ोंवाली मोर्चाबन्दी से घिरी पुरुओं की पुरी में सर्वत्र जीवन दिखाई पडता। कुछ लोग पशुओं के बाड़ों की सफाई में लगे थे। स्त्रियों ने घर सँभाला। तरुण अखाड़े में उतरे। आर्य निर्बल को मृत के बराबर समझते। तुवि (मोटी) ग्रीवा, ऊँचा कंधा, चौड़ी छाती, पुष्ट पज सम्मानित थे। स्वभावतः ही वह दीर्घकाय होते। किलात और पणि उनके सामने बच्चे से दिखाई पड़ते। अपनी स्वाभाविक शरीर-सम्पत्ति को और बढ़ाने की उनमें बड़ी कामना होती। इसलिए आर्य ग्रामों में सवेरे के वक्त अखाड़े में भीड़ हो जाया करती। सभी शारीरिक व्यायाम में लगते, मल्लयुद्ध का अभ्यास करते। इससे शरीर ही पुष्ट नहीं होता, बल्कि द्वन्द्वयुद्ध में भी बड़ी सहायता मिलती। प्रौढ़ और वृद्ध मल्ल तरुणों को अपना हरेक कौशल सिखलाते। वहाँ दसियो अखाड़े थे। पुरुओं का राजा स्वयं एक मल्लयोद्धा था। आयु 25-26 से अधिक नहीं होगी–कुछ लालिमा लिए मक्खन-जैसी श्वेत। उसके मुख को देखते ही आदमी कह देता, यह असाधारण पुरुष है।

पुरुकुत्स असाधारण कुल में पैदा हुआ असाधारण पुरुष था ही। पहले वह एक-एक करके सभी अखाड़ों में गया। उसके शरीर पर घुटनों से जरा नीचे तक का अधोवस्त्र था, ऊपर चमड़े की द्रापि ऐसे बाँधे हुए था, कि दाहिना हाथ बाहर निकला था। ऊनी द्रापि भी आर्य पसन्द करते, पर पुरुकुत्स को लाल चमड़े की द्रापि अधिक पसन्द थी। राजा के अनुरूप उसे सोने के तारों से सँवारा होना चाहिए था, लेकिन

पुरुकुत्स सादगी पसन्द करता था।। उसके साथ चलनेवाले सूरि (सूरमा, राजकुमार) भी उसकी ही तरह सुदृढ-शरीर थे, पर वह सबसे अधिक लम्बा और उसी के अनुकूल आयताकार था। उसे देखकर यदि लोग इन्द्र का नाम लेते हों, तो अचरज नहीं। जैसे देवों में इन्द्र, वैसे ही मनुष्यों में पुरुकुत्स था। बल्कि वह इन्द्र से भी अधिक सुघड़ था, इन्द्र वपोदर (तुंदिल) है, जबकि पुरुकुत्स के उदर में चर्बी का नाम नहीं, बस पेशियाँ थीं। कमर कितनी क्षीण और वक्ष कितना विशाल था ? कन्धे तो मानो साँड़ के डील की तरह उभरे हुए थे। वह सरल गति से एक अखाड़े से दूसरे अखाड़े में जा रहा था। उसकी गति में भी गम्भीरता के साथ सौन्दर्य था, यौवनसुलभ चंचलता उसमें नहीं थी। एक अखाड़े में वह द्रापि हटा अधोवस्त्र के स्थान पर छोटा कपड़ा बाँध उतरा। कसरत के बाद वह तरुणों के साथ मल्लयुद्ध करने लगा। पसीने-पसीने हो गया, लेकिन थकने का नाम नहीं लेता था। पुरु लोग अपने नेता के पौरुष को देखते आनन्दित हो रहे थे।

व्यायाम समाप्त हुआ। कुछ विश्राम कर पुरुकुत्स विशाल अग्निशाला में पहुँचा। ऋत्विज–जिनमें सफेद दाढ़ी-मूँछवाले कितने ही वृद्ध ऋषि भी थे–अग्नि की जोर से स्तुति करने लगे। घृत और जौ का होम होने लगा। पुरुकुत्स स्वयं अग्नि के पास कुशासन पर बैठा। चारों तरफ मिट्टी और ताँबे के कलशों में सोम (भाँग) भर कर रखा हुआ था। अग्नि को सोम अर्पित किया गया। देवताओं को अर्पित किये बिना, कुछ भी खाना आर्य पाप समझते। अग्नि के बाद इन्द्र का भी आवाहन होता। इन्द्र के पौरुष के साम गाये गये। प्रातः सवन इस तरह समाप्त हुआ, जबकि हवन के बाद सत्तू के साथ उपस्थित आर्य नर-नारियों ने अग्निशाला में सोमपान किया। यह कोई विशेष दिन नहीं था। दिन के काम पड़े रहने के कारण इस समय सोमपान को अतिमात्रा में बढ़ाया नहीं जा सकता था।

सायं सवन बीत चुका था। सभी आर्य रक्ताक्ष थे। सोमपान में कोई सीमा नहीं होती थी, यद्यपि पुरुपुरी में सख्त हिदायत थी, कि पान में अतिरेक से काम न लिया जाये। पुरुकुत्स पान की होड़ में किसी से पीछे नहीं रहनेवाला था, पर उसमें स्वाभाविक संयम था। कभी उसे सोम द्वारा भी बुद्धि खोये नहीं देखा गया। आधी रात होने में कुछ देर थी, जबकि वह अपने सात मित्रों के साथ किसी गम्भीर मंत्रणा में लगा हुआ था। एक मंत्री ने कहा–

किलात यहाँ से एक योजन से अधिक दूर नहीं हैं। उनके पास हजारों पशु हैं। नरम ऊन वाली मोटी-मोटी भेडों से सात जंगल भर गया।

–लेकिन, अभी तो किलातों के पहाड से नीचे उतरने का ठीक समय नहीं है।

–ठीक समय न हो, पर शरद का आरम्भ हो गया है, इसलिए हिम के भय के मारे, उन्हें ऊपरी पर्वतों को छोड़ना ही पडता है।

तीसरे प्रौढ़ ने कहा–अबके साल सर्दी जल्दी आयी है। इस साल वर्षा भी बहुत और लगातार चार महीनों तक होती रही। कहते हैं, जब हमारे यहाँ वर्षा होती है, तब ऊपर के पहाड़ों पर हिम पड़ जाती है, शायद इस कारण किलातों ने नीचे आने में जल्दी की हो।

प्रथम पुरुष ने और बातों का पता देते हुए कहा–किलात अभी अपने पुर (मोर्चाबन्दी) को सुव्यवस्थित नहीं कर सके हैं।

पुरुकुत्स ने कहा–पर उनके आदमी तो सभी आ चुके हैं, लेकिन कोई बात नहीं। हमें इन देवद्वेषियों, कृष्णत्वचों की गायों और अजा-अजवियों की आवश्यकता है। इन्द्र की आज्ञा है कि देवद्वेषी के पास धन नहीं होना चाहिए। हम कई साल से सोच रहे हैं, लेकिन देवताओं के प्रति अपने कर्तव्य को पूरा नहीं कर सके।

तीसरे मंत्री ने मंत्रणा दी–अभी तक हम पणियों और वनचरों (निषादों) को ही अपना शत्रु बनाये हुए थे। पर्वतीय किलात दूसरी ही तरह के हैं। यह बड़े दुर्दान्त और युद्ध करने में निपुण हैं। शरीर में ये हमसे अवश्य खर्व होते हैं, पर युद्ध में नहीं। हमारे पूर्वजों ने एकाध बार इनसे छेड़-छाड़ की। उन्हें मालूम होते देर नहीं लगी, कि वह न पणियों की तरह युद्धोचित स्वभाव से वंचित हैं और न निषादों की तरह निरे साधनहीन वन्य प्राणी। इसीलिए आर्यों ने किलातों से अभी तक गम्भीर छेड़-छाड़ नहीं की।

दूसरे मंत्री ने कुछ सहमति प्रकट करते हुए कहा–पणि और निषाद को हम दास बनाकर अपने पास रख सकते हैं, पर किलात को दास बनाना, अभी तक संभव नहीं हुआ, जैसा कि गवय (नील गाय) को हम पालतू नहीं बना सके। मृग की जाति का यह जन्तु मांस में उससे कई गुना अधिक होता है। दूध भी बड़ी बकरी से कहीं अधिक दे सकता है, यह उसके विशालकाय से मालूम होता है। यदि हम उसे पालतू बना सकें, तो वह हमारे बड़े काम का होगा, परन्तु गवय बच्चे को पकड़कर भी हम उसे पालतू बनाने में कभी सफल नहीं हुए।

कुत्स–हम किलातों को दास भले ही न बना सकें, पर उनके पशुओं को तो पा सकते हैं।

पहला मंत्री–और उनकी गोचर भूमि की भी हमें आवश्यकता है। हमारे स्तोक-तनय (परिवार) बढ़ रहे हैं, पशु बढ़ रहे हैं। हमें और भी गोचर भूमि की आवश्यकता है।

कुत्स–इन्द्र पर विश्वास होना चाहिए। इन्द्र अजेय है। उसकी आज्ञा का पालन करना हमारा कर्त्तव्य है।

क्षीर–जैसे श्वेत श्मश्रु (दाढ़ी) वाले पुरोहित अब तक मंत्रणा में भाग नहीं ले रहे थे। अब उन्होंने राजा की बात का समर्थन करते हुए कहा–कुत्स ठीक कह रहा है। मघवा कई बार कह चुका है, कि मैने इस विस्तृत मही को आर्यों को दिया। इसीलिए वह हमारे हरेक संग्राम में साथ होता है। उसने चेतावनी दी–"यदि पुरु लोग इन्द्र-शत्रुओं से इस भूमि को मुक्त नहीं करेंगे, तो मैं उनका साथ छोड़ दूँगा।"

अब और विचार करने की आवश्यकता नहीं थी। इन्द्र पहले ही दासों (किलातों) की सात पुरियों को ध्वंस करने का वचन दे चुका था।

चारों ओर अन्धकार था। उषा के आने में अभी देर थी। इसी समय पुरुपुरी में गर्गरा बजी। एक क्षण में सभी जाग उठे। पुरु तरुण और प्रौढ़ विशालकाय लाल-लाल घोड़ों पर सवार हो गये। पुरुकुत्स सबसे पहले अपने अरुण अश्व पर सवार हुआ। उसके सिर पर अय:शिप्र (ताँबे का शिरस्त्राण) था। शरीर पर द्रापि यद्यपि लाल चमड़े की थी, पर उस पर सुनहला काम किया हुआ था। बायें कन्धे से धनुष लटक रहा था और दाहिनी कमर से असि पीठ पर इषुधि (तूणीर) के साथ दो हाथ लम्बा, डेढ़ हाथ चौड़ा चर्म (ढाल) बँधा हुआ था। रह-रहकर अपनी बड़ी-बड़ी सुनहली मूँछों पर उसका हाथ चला जाता था। उसने मेध-गम्भीर स्वर में कहा–

–सूरियो! उषा की स्तुति हमें दासों की पुरी में पहुँचकर करना है, जल्दी।

सारी पुरु सेना उत्तराभिमुख रवाना हुई। संख्या पाँच सौ से कम न होगी। पर, देखने में वह उससे कहीं अधिक मालूम होती थी। सभी चुने हुए सुपुष्ट दीर्घ शरीरवाले योद्धा थे। उनके घोड़े भी असाधारण लम्बे, ऊँचे थे। सभी लाल रंग के थे। योद्धाओं के शरीर पर भी लाल ही रंग की द्रापियाँ थीं। अँधेरे में चलते वक्त सिर्फ घोड़ों के टाप की

आवाज सुनाई पड़ रही थी, आकृति अन्धकार से मिलकर एक हो गई थी। वह जंगल से बाहर-बाहर दृषद्वती के तट के समीप दौड़ रहे थे। पत्थरों की कड़कड़ाहट से बचने के लिए नदी की सूखी धार में से चलना नहीं चाहते थे। दास पुरी के पास तो उन्हें और सावधानी बरतनी पड़ी। इन्द्र और अपने ऊपर पुरुओं को पूरा विश्वास था, किलात असाधारण शत्रु थे। उनको दबाना बहुत कठिन काम था।

दास पुरी घोर जंगल में थी, पहाड़ वहाँ से बिल्कुल समीप था, बल्कि कह सकते हैं, वह पहाड़ के चरणों में ही बनायी गयी थी। पुरु शत्रु को बिना सजग किये, उसके पशुओं पर टूट पड़ना चाहते थे। अभी उषा की हल्की किरणें पूर्व में छलकने लगी थीं, जबकि आर्य घुड़सवार लकड़ियों के प्राकार के पास पहुँच गये। वह चुपचाप गायों के बेड़े के पास पहुँच जाते, पर किलातों के कुत्ते असावधान नहीं थे। उनके भौंकते ही एक क्षण में सारी किलातपुरी सजग हो गयी। गर्गरा और गोधा की आवाज से कान फटने लगे। जरा देर में किलात योद्धा बेड़ों के पास थे, जहाँ कुत्ते पहले ही पहुँच चुके थे। दोनों दल एक-दूसरे के इतने नजदीक थे, कि बाण चलाने का अवसर नहीं था। उनके खड्ग पास नहीं पहुँच सकते थे, सिर्फ भालों से युद्ध जारी हुआ। इसी बीच किलात स्त्रियाँ किलकारी मारते पहुँची और पत्थरों से वर्षा करने लगीं। कुछ ही समय बाद प्राची में सूर्य का लाल गोला निकल आया। अब अन्धकार का कहीं पता नहीं था। पुरु एक बार तो किलातों के प्रचण्ड प्रहार से निराश हो गये, पर उनके हाथों के लम्बे भालों ने बड़ी सहायता की। किलात मोर्चे से पीछे हटने के लिए मजबूर हुए। इसी समय कुछ पुरुओं ने घोड़े से उतर कर लकड़ी की भीत को हटा दिया। घुड़सवार उसी से भीतर घुसे। थोड़ी देर तक किलात स्तब्ध से हो गये। पर, उन्हें अपनी अजेयता का अभिमान था। वह अनन्त काल से जाड़ों को बिताने के लिए पशु-प्राणियों के साथ यहाँ आया करते थे। पर्वत से दूर हटना उनके लिए अप्रिय बात थी, पर जाड़ों में ऊपर के पहाड़ों पर जब कई हाथ बर्फ पड़ जाती, तो पशुओं और प्राणियों को बड़े कष्ट का सामना करना पड़ता। आदमी की हड्डी चीरनेवाली सर्दी सताती और पशुओं के लिए घास-चारा दुर्लभ हो जाता। इससे बचने के लिए वह यहाँ बृहत् पर्वत (हिमालय) के चरण में अपनी पुरियाँ बसाते, मोर्चाबन्दी करते। एकाध बार आर्यों से संघर्ष होने में यद्यपि जय-पराजय का निर्णय नहीं हो सका था, पर बृहत् पर्वतों के निवासी सारे

किलात यह समझते थे, कि पीतकेशों को हमने बुरी तरह से हराया, वह हमारे नाम से भी भय खाते हैं। कितनी पीढ़ियों से यह भावना उनके हृदय में दृढ़ हो चुकी थी, इसलिए पुरी के घेरे के टूट जाने के बाद भी किलात हिम्मत हारने वाले नहीं थे।

पुरी का विशाल हाता दोनों ओर के युयुत्सुओं से आकीर्ण हो गया था। आर्यों के कितने ही घोड़े चोट खाकर गिर चुके थे, कितने ही योद्धा मर गये थे। किलातों को भी क्षति हुई थी। इसने दोनों के क्रोध को और उद्दीप्त कर दिया। दोनों दल एक-दूसरे के भीतर घुस गये थे। भाले के उपयोग का भी अवसर नहीं रह गया था। पुरु अपनी तलवार और चर्म निकालकर घोड़ों से कूद पड़े। किलात तलवारों, पत्थर की गदाओं से प्रहार कर रहे थे। किलात नारियाँ भी पत्थर के टुकड़ों को बड़े वेग से फेंक रही थीं। पर, आर्य सभी सुशिप्र (शिरस्त्राणबद्ध) थे। उनके केवल शरीर पर ही चोट लग सकती थी। पुरुकुत्स का रणकौशल इस वक्त देखने लायक था। शायद ऐसे ही आर्य वीर को देखकर इन्द्र की आकृति की कल्पना की गयी। वह इन्द्र की तरह कुछ देर तक रोहिदश्व (लाल घोड़े वाला) रहा और जहाँ भी किलातों को प्रबल देखता, अपने खड्ग के प्रहार से वहाँ पिल पड़ता। उसका प्रहार ही प्राण लेने के लिए काफ़ी था। पर किलात संख्या में कहीं अधिक थे, इसलिए अधिक क्षति होने पर उनके प्रहार का वेग कम नहीं होता था। पुरुओं को पहले-पहल ऐसे भीषण संघर्ष से पाला पड़ा था। जो घायल और बेकार हो चुके थे, उन्हें तो निराशा होने लगी थी। शायद इन्द्र किसी दूसरे काम में लगे रहने से, हमारी सुध भूल गये, बार-बार यही उनके मन में आता था।

हाता रुधिर से लाल हो गया था। एक ओर गोरे लम्बे-लम्बे पुरु तथा पीतांग खर्वकाय किलात एक-दूसरे की पंक्ति में घुसकर ताँबे की तलवारों और पत्थर के वज्रों (गदाओं) को चला रहे थे। दूसरी ओर निर्जीव या सिसकते गोरे-काले, एक-दूसरे के पास पड़े अपनी रक्तधारा को मिश्रित कर रहे थे। पुरुओं का कुत्स घमासान होते युद्धस्थल में अपनी लम्बी असि चला रहा था। दूसरी ओर किलात सरदार भी उससे पीछे रहने वाला नहीं था। वह आकार में भले ही पुरुकुत्स के कन्धे तक पहुँचता हो, पर उसका शरीर बहुत गठा हुआ, छाती असाधारण चौड़ी और भुजदण्ड अत्यन्त दृढ़ थे। उसने कई पुरुओं को धराशायी किया। पुरुकुत्स को मालूम होने लगा, कि उसको खत्म किये बिना, किलातों की कमर नहीं तोड़ी जा सकती। पर, वह ऐसे

हार खाने वाला नहीं था। कितने ही साधकर मारे हुए दाँव को विफल करके वह पुरु राजा के ऊपर प्रहार कर रहा था। कुत्स की जाँघ पर उसने असि का एक ऐसा वार किया, जिससे उसके गिर जाने में कोई संदेह नहीं था। इसी समय कुत्स ने अपने एक असिघात से किलात-सरदार का सिर धड़ से अलग कर दिया। कुछ क्षणों तक उसका कबन्ध इधर-उधर हाथ मारता रहा। उसके गिरने के साथ बचे-खुचे किलात पहाड़ की ओर भागे। पुरुओं ने उनका कुछ दूर पीछा किया। पहाड़ पर चढ़ने में वह किलातों का मुकाबिला नहीं कर सकते थे। उन्हें लौटना पड़ा। कुछ देर तक पत्थर और बाण फेंके जाते रहे। इसी समय सूर्य भी अस्ताचल पर पहुँच गया।

पुरी में लौटने पर देखा, कि पुरुकुत्स जमीन पर गिर पड़ा है। कुछ पुरु उसके पास बैठे हैं। उसके घाव पर कपड़ा बाँधा गया, पर खून बन्द होने का नाम नहीं लेता था। कुत्स संज्ञाहीन था। किलातपुरी पर पुरुओं की विजय हुई, किन्तु उन्हें भारी दाम चुकाना पड़ा। पहले तो यही जान पड़ता था, कि कुत्स अब नहीं बच सकेगा। पर कुछ घड़ी बाद उसने आँखें खोली, पानी का संकेत किया। पानी पीते ही उसे पूरा होश हो गया। इसी वक्त लोगों ने इन्द्र की जय मनायी। पुरुकुत्स को बधाई देते हुए कहा–

“किलातों पर हमने पूर्ण विजय प्राप्त कर ली। रण में घायल किलातों में से किसी को हमने जीता नहीं छोड़ा, बाकी स्त्री-पुरुष-बच्चे पहाड़ के ऊपर भाग गये। उनकी सारी गायें, सारी भेड़-बकरियाँ अब हमारी हैं। यह इन्द्र की महिमा है।”

किलातों के पहाड़ की ओर भागते ही पुरुपुरी में सन्देश भेज दिया गया था। अँधेरा होने से पहले ही वहाँ से सैकड़ों स्त्री-पुरुष घोड़ों पर चढ़े किलातपुरी में पहुँच गये। पुरुकुत्स एक बार होश में आकर, फिर मूर्छित हो गया था। पुरुकुत्सानी अपने पति को इस अवस्था में पाकर बड़ी कठिनाई से क्रन्दन रोके सिर को गोद में लिए अपने आँसुओं से पति के मुँह को धो रही थी। वृद्ध सान्त्वना दे रहे थे–“वीर-पत्नी, चिन्ता मत करो। इन्द्र अपने यजमान का रक्षक है। उसी के प्रताप से यह विजय हाथ लगी। उसने कहा है, मेरा भक्त दासों की सात पुरियों को नष्ट करेगा। अभी तो यह पहली पुरी है।” तुर्वशपुत्री पुरुकुत्सानी बड़ी गम्भीर प्रकृति की महिला थी। अपने वीर पति के अनुरूप ही उसने दृढ़ संकल्प पाया था। गुलाबी रंग, सुनहरी आँखें, भरा चेहरा, पीले लम्बे केशों के साथ वह असाधारण स्वस्थ सुन्दरी थी। सारे आर्यजनों में

उसके लावण्य की प्रसिद्धि थी। तुर्वशों के साथ पुरुओं का उस समय मेल नहीं था, पर पुरुकुत्सानी ने पुरुकुत्स को ही वरा। वह जानती थी, आर्यवीर का काम है–युद्ध में लड़ना, शत्रुओं को मारना और समय पड़ने पर मृत्यु का आलिंगन करना। आर्य पत्नी का काम है–अपने पति को प्रोत्साहित करना, उसके काम में सहायता देना। वह जानती थी, हमारे पितर आकाश में बड़ी उत्सुकता से रण में अपनी सन्तान के पराक्रम को देख रहे हैं। वह कायर को कभी क्षमा नहीं करते। वीरों की दो गति हैं–विजय प्राप्त करके शत्रु के पशुधन गो, अजा, अवि को पाना या मरकर पितरों के पास चला जाना। सारी दृढ़ता के होते भी पुरुकुत्सानी का हृदय भीतर से विदीर्ण हो रहा था। दोनों में असाधारण प्रेम था। कर्तव्य का ख्याल करके ही वह कुछ समय के लिए एक-दूसरे से अलग रहते, नहीं तो उन दोनों के शरीरों में एक ही प्राण था।

आधी रात के बाद सर्दी ज्यादा हो गयी, लोगों ने द्रापियों से अपने शरीर पूरी तरह आच्छादित कर लिये। पुरुकुत्सानी को सर्दी का कोई पता नहीं था। उसका सारा ध्यान अपने पति की ओर था। चर्बी के दीप के प्रकाश में वह एकटक पति के मुख की ओर देख रही थीं। साँस एकरस चल रही थी। विशाल वक्ष नियमपूर्वक उठ-बैठ रहा था। रक्त का बहाव कुछ देर पहले रुक चुका था। एकाएक पुरुकुत्स की आँखें खुलीं। झुके हुए चेहरे से उसके मुँह पर इसी समय दो बूँदें टपक पड़ीं। पुरुकुत्सानी के बदन से कितनी करुणा बरस रही होगी, इसे पूरी तौर से न देखते भी पुरुकुत्स समझता था। उसने अपने हाथ को उठाकर पुरुकुत्सानी के कपोलों को बड़े स्नेह से स्पर्श किया। पूरा प्रकाश होता, तो पुरुकुत्सानी का मुँह इस समय देखने लायक था। वह 'प्रियतम' कहकर पति की छाती पर गिर पड़ी। कुछ देर तक दोनों इस अनुपम स्पर्श-सुख का अनुभव करते रहे। इसी समय बायाँ पैर हिला। पुरुकुत्स ने एक हल्की-सी आह भरी। उसे अब तक अपने घाव का पता नहीं था, लेकिन, घाव के लिए कातरता दिखलाना आर्य वीर के लिए लज्जा की बात थी। उसने इतना ही कहा–"मेरी जाँघ में घाव है।" फिर यह भी, कि "किलात हमसे वीरता में किसी प्रकार कम नहीं हैं, वह किलात सूरि तो पौरुष और पराक्रम में अद्वितीय था।" फिर उसने उसके शव के बारे में पूछा। पुरुकुत्सानी ने कहा–"हमारे लोग सारे शवों को जलाने में अब भी लगे हुए हैं। आर्य शवों को वह जला चुके हैं। अब किलातों को जला रहे हैं।"

किलातों की पुरी–मोर्चाबन्दी–अब पुरुओं की सम्पत्ति थी। उसके आसपास इतने मुर्दों का रहना, दो-चार दिन में भारी सड़ाँध पैदा करता। जंगल में चटक और सियार यद्यपि शवों की सद्गति करने के लिए तैयार थे, पर वह एक-दो दिन में यह काम नहीं कर सकते थे। पुरुकुत्स की बड़ी इच्छा थी, कि अपने प्रतिद्वन्द्वी किलात सूरि का शव-संस्कार विशेष सम्मान के साथ हो, पर वह अब तक जलाया जा चुका था।

इस महान् विजय के उपलक्ष्य में वृद्धि ऋषि ने गद्गद हो प्रार्थना की। अग्निदेव के मुख में घृत की आहुतियाँ दी गई। इन्द्र के लिए किलातों के वृषभों (साँड़ों) में से 35 मारकर पकाये गये। सोम के कितने ही कलश प्रदान किये गये। लोगों ने यज्ञशेष खाया जरूर, पर उस रात उनके मन में कोई उत्साह नहीं था। उनका सेनानी पुरुकुत्स विजय से भी अधिक मूल्यवान् था। सभी यही प्रार्थना कर रहे थे–"इन्द्र, यह विजय व्यर्थ की होगी, यदि हम कुत्स से वंचित हुए।" इन्द्र ने ऋषि के मुख से उसी समय कहलवाया–"इन्द्र पर विश्वास रखो। मुझे पुरुकुत्स सबसे अधिक प्यारा है।"

रात को ही पुरुकुत्स को प्रकृतिस्थ देखकर लोगों को सन्तोष हो गया। प्रातः उन्होंने दिन की दुहिता उषा की प्रार्थना की। पुरुकुत्सानी ने उसके लिए विशेष प्रार्थना और हवन किये।

इन्द्र का वचन सत्य निकला। पुरु दासों (किलातों) की सातों पुरियों को ध्वस्त करने में सफल हुए। उन्हें अपार पशुधन मिला। किलातों का पशुधन ही धन था। पशुपालन और आखेट, यही दो उनकी जीविका के साधन थे। जंगलों के फलों को भी वह एकत्रित करते और कुछ को सुखाकर रख भी लेते। पर, वह उनके लिए पर्याप्त नहीं थे। खेती का एक तरह उनमें प्रचार ही नहीं था। नीचे के पहाड़ों में देखा-देखी कहीं-कहीं अनाज बो देते थे, पर उसका उपयोग मनुष्यों के खाने की अपेक्षा पशुओं के तौर पर अधिक होता। यद्यपि अपनी छहों पुरियों को किलातों ने आसानी से नहीं छोड़ा, पर प्रथम पुरी के ध्वंस ने उनके उत्साह को कम कर दिया था। पुरुकुत्स को पूरी तरह स्वस्थ होने में महीने से अधिक समय लग गया था। लोग नहीं चाहते थे, कि उसी शरद में और कोई संघर्ष छेड़ा जाय, पर पुरुकुत्स उसे मानने के लिए तैयार नहीं था। दृषद्वती के पूर्व आपया (माकंडा), सरस्वती और यमुना के पास किलातों की तीन शारदी पुरियाँ थीं। दृषद्वती से पश्चिम सतलुज तक भी तीन पुरियाँ थीं। पुरियाँ

क्या प्रतिरक्षा के उपयुक्त मोर्चाबन्दी तथा रात को रहने के लिए पशुओं के बाड़े और बिल्कुल मामूली-सी फूस की झोपड़ियाँ थी? विजय में प्राप्त होने वाला धन पशु के रूप में ही था। आर्यों के पास भी भेड़े थीं, लेकिन किलातों की भेड़ों की ऊन की द्रापि बहुत कोमल और सुन्दर होती थी।

सतलुज से यमुना तक पहाड़ की तराई पुरुओं के प्रयत्न से किलातों से खाली हो गयी। किलात केवल सर्दियों को बिताने के लिए यहाँ आया करते थे। पुरुओं से पराजित हो, वह अपने हजारों आदमियों से हाथ धो, असंख्य पशुओं को खो, अपनी शारदी गोचर भूमियों से वंचित हो गये। पुरुओं के चरिष्णु ग्राम अब तराई तक फैल गये। कभी-कभी दूर पहाड़ पर से अपनी इस भूमि में आर्यों के घोड़ों और गौओं के झुण्डों को देखते, किलातों के हृदय में टीस-सी उठती। एकाध बार उन्होंने छापा मारने की कोशिश की, लेकिन पुरुओं ने अपनी पुरियों को सुदृढ़ कर रखा था। पहाड़ का चरण दोनों की सीमा बन गया।

पुरुकुत्स सप्तसिन्धु का महावीर माना जाने लगा। सप्तसिन्धु में कहीं पर भी आर्यों ने अपने उत्तरी पड़ोसी पहाड़ी किलातों के ऊपर ऐसी विजय नहीं प्राप्त की थी, न उनकी शारदी चरिष्णु (चलायमान) पुरियों पर आक्रमण करने का प्रयास किया था। जंगल में चरती गौओं को भले ही आर्य कभी-कभी छीन ले गये हों, पर यह वीर के तौर पर नहीं, बल्कि दस्यु के तौर पर ही, जो आर्यों के लिए शोभा की बात नहीं थी। सातों पुरियों के लिए संघर्ष तीन वर्ष तक चलता रहा। दूसरे वर्ष में पुरुकुत्सानी ने एक पुत्र जना। पिता दस्युओं को त्रस्त करने में लगा था, इसी उपलक्ष्य में पुत्र का नाम त्रसदस्यु रख गया। सारे आर्य जनों में पुरु ज्येष्ठ थे। पुरुओं का ज्येष्ठ पुरुकुत्स था। उसकी ज्येष्ठ सन्तान त्रसदस्यु अपने पिता का योग्य उत्तराधिकारी होगा, इसे समय ही बतलाने वाला था। पर, त्रसदस्यु के जन्म पर सारे पुरजन में ऐसा आनन्द उत्सव मनाया गया, मालूम होता था, कि प्रत्येक घर में प्रथम सन्तान पैदा हुई हो। पुरुकुत्सानी को देर से यह पहली सन्तान मिली, इसलिए वह इन्द्र के लिए कृतज्ञता प्रकट करते नहीं थकती थी। पुत्र को देखते, उसे अपने पति का ओजपूर्ण शरीर याद आता। वह यही कामना करती और इसी प्रयत्न में रहती, कि त्रसदस्यु भी पिता की तरह ही दस्युओं को त्रास देने वाला हो।

सरस्वती–तीर

[1217 ई०पू०]

"इयमदाद दिवोदास वध्रयश्वाय सरस्वती"

सप्तसिन्धु की सबसे पूर्व की प्रसिद्ध नदी सरस्वती अपनी अन्य छह बहिनों–सतलुज, विपाश (व्यास), परुष्णी (रावी), असिक्नी (चिनाब), वितस्ता (जेहलम) और सिन्धु–की तरह हिमगलित स्रोतोंवाली सदानीरा नहीं थी। जाड़ों और गर्मियों में उसकी धारा अत्यन्त क्षीण हो जाती। पर, शताब्दियों तक आर्यों को अपने सीमान्त पर इस जगह डटे रहने का उसने अवसर दिया था, इसलिए वह उसके प्रति बाकी छह बहिनों से भी अधिक कृतज्ञ थे। परुष्णी सप्तसिन्धु के बीच में थी। आर्य मानते थे, इन्द्र की उसके ऊपर महती कृपा है, तो भी, सरस्वती का वह विशेष आदर करते थे। सरस्वती से पूर्व कुछ योजन पर यमुना एक विशाल नदी थी, पर उसे आर्य अपनी नहीं कह सकते थे। दुर्दान्त दस्यु उसके तट पर अधिकार रखते थे। यदि सरस्वती ने अन्न और शरण देकर सहायता न की होती, तो दस्युओं के सामने आर्यों के पैर उखड़ जाते। परुष्णी से ही पुरुजन की भूमि आरम्भ हो जाती थी, पर पुरु अब स्वयं कई जनों में विभक्त हो गये थे। मध्य सारस्वत देश कुशिकों का था। उसके उत्तर, भरत पूर्व से पश्चिम परुष्णी तक फैले हुए थे। परुष्णी के तट पर उन्हीं की एक शाखा तृत्सु जन रहते थे। विग्रह होने पर एक जन दूसरे जन को अपने भीतर गोचारण–जीविका करने–की आज्ञा नहीं दे सकता था। पर, शान्ति के समय कोई बाधा नहीं थी। आर्यों के भीतर जब संघर्ष होने लगता, तो दूसरे जन किसी पक्ष की ओर से मैदान में उतर पड़ते। यदि दस्युओं से संघर्ष होता, तो सभी आर्यजन एक होकर उनसे लड़ने के लिए तैयार थे।

सरस्वतीवाला प्रदेश–सारस्वत देश अत्यन्त समृद्ध था। देश के ही प्रताप से वैसा हो, यह नहीं कहा जा सकता, पर तो भी सारस्वत भूमि की गायें सबसे अधिक दूध देती थीं, वहाँ के वृषभ सबसे बलिष्ठ होते थे। घोड़े-घोड़ियों के पैदा करने में यद्यपि वह पीछे नहीं था, पर तो भी उसमें दूसरे जन भी मुकाबला कर सकते थे। अवियों (भेड़ों) के लिए गन्धारि आर्यजन प्रसिद्ध था, जो सिन्धु से पश्चिम में चारण करता था। सारस्वत भूमि हरे भरे अरण्यों से–अश्वत्य (पीपल), खदिर (खैर), विभीदक (भेला), हरिद्रु, किंशुक (पलाश) आदि वृक्षों और मुंज, काष्ठ, कुश, दूर्वा आदि तृणों से ढँकी थी। वहाँ के स्वाभाविक और कृत्रिम जलाशयों में पुंडरीक जब गर्मियों में फूलते, तो दिशाएँ सुगन्धि और सौन्दर्य से भर जाती थीं।

सारस्वत-निवासी भरत हों या कुशिक, इन्द्र और अग्नि की सेवा में सदा लग्न रहते। घर-घर में अग्नि अखंड जला करती, जिसकी सायं-प्रातः परिचर्या करने में प्रत्येक आर्यकुल लगा रहता। सवेरे या सायंकाल को यदि इन गाँवों में कोई पहुँच जाता, तो प्रत्येक घर से हवन का धूम्र आकाश में फैलता दिखाई पड़ता। उसकी सुगन्धि मन को तृप्त करती, कानों में गायत्री, रयन्तर साम (गीत) के मधुर स्वर सुनाई देते। दस्युओं की भूमि के पास होने से भरतों और कुशिकों को सदा हथियारबन्द रहना पड़ता, पर यह उनके लिए चिन्ता नहीं, प्रसन्नता की बात थी। भरत और कुशिक अपने को सौभाग्यशाली समझते थे, कि इन्द्र ने अपनी विजय के लिए हमें चुना है। यमुना-पार के कृष्ण-त्वचों के लिए वह अपने को पर्याप्त समझते थे, आवश्यकता पड़ने पर पुरुओं के सारे जन ही नहीं, बल्कि दूसरे आर्य जन भी साथ देने के लिए तैयार थे। यमुना-पार दस्युओं की संख्या अधिक थी, वह साधनहीन भी नहीं थे। आखिर पणियों के दिये हुए हथियारों के बल पर ही तो आर्य सफलता की आशा रखते थे। ताम्र, सुवर्ण, मणि, मुक्ता सभी के स्वामी पणि थे। धन के अधिक लाभ तथा नागरिक जीवन ने पणियों को निर्बल बना दिया था, पर तो भी वह सर्वथा पौरुषहीन नहीं थे। यमुना के पूर्व पहाड़ के जड़ से भी दूर तक अनास (चिपटी नाकवाले) किलात रहते थे। यदि पणि और किलात मिलकर प्रहार करते, तो सरस्वती का तट उजाड़ हो जाता। पर, उनमें आपस में संघर्ष रहता था।

पुरुओं का हरेक जन असाधारण सूरियों (सूरमाओं) को पैदा करने में सफल हुआ। इन्हीं में वसिष्ठ पैदा हुए। इन्हीं में कुशिकों ने गाधिपुत्र विश्वामित्र को पैदा किया। भरतों ने देवश्रवा, देववात जैसे सपूत देकर सारस्वत भूमि को दस्युओं के आक्रमण से बचाया।

मित्रों, बन्धुओं का समागम सबको अच्छा लगता है, पर आर्यजन उसके लिए तो विशेष रूप से लालायित रहते थे। अपनी जीविका के लिए उनके अपने गौ, अश्व, अजा, अवि पर्याप्त थे। पर उसकी तो मान्यता थीं–"केवलाधी भवति केवलादी" (केवल अपने आप खानेवाला, केवल पाप खानेवाला होता है)। एक पिता के ही पाँच पीढ़ी में कितने परिवार हो जाते हैं। पुरुओं की तो पन्द्रह-बीस पीढ़ियाँ बीत चुकी थीं, इसलिए उनका अनेक जनों, व्राजों, कुलों में बँटना स्वाभाविक था। पर, अपने रक्त के साथ वह बहुत स्नेह रखते थे। कोई भी पौरव उसके लिए अपने घर का जैसा था, वैसे आर्यमात्र के लिए घर का दरवाजा खुला रहता था। अतिथि सचमुच उनकी दृष्टि में देव था। उसकी उसी तरह श्रद्धा से परिचर्या करते, जैसे अग्नि की। इसीलिए इन भोगों को अपनी जाति से भिन्न लोगों से छीनकर लाना, वह धर्म समझते थे। जो सप्तसिन्धु के बीच में बसते थे, वह और न मिलता, तो दूसरे आर्यजनों की गायों को ही लूटते। बुलावा आने पर वह सीमान्त पर भी पहुँच जाते।

पुरुकुत्सानी और उनकी ननद–पौरवी में सगी बहिनों से भी अधिक स्नेह था। पौरवी अब तृत्सु जन के राजा वर्ध्यश्व की रानी थी, इसलिए अपनी भाभी के साथ बराबर कैसे रह सकती थी? पर यह असमर्थता थी। दोनों का सौभाग्य उदय हुआ, जो भरतों की भूमि में उन्हें साल भर से अधिक रहने का अवसर मिला। यमुना-पार के पणि, अज, शिग्रु और यक्षु–अभी आर्यों के सामने नतमस्तक नहीं हुए थे। पीताकेशों के पराक्रम को वह अच्छी तरह जानते थे, इसलिए भरसक संघर्ष करने से बचते थे। लेकिन, आर्य उन्हें शान्त रहने देना पसन्द नहीं करते थे। फलतः उन्हें भी तैयार होना पड़ा। तीनों पणिजनों के सम्मिलित आक्रमणों को अकेले भरत रोक नहीं सके, इस पर पुरुओं के सारे जन उनकी सहायता के लिए पहुँचे।

सरस्वती के दोनों कक्ष तथा यमुना के पास के अरण्य में अब पुरुओं और तृत्सुओं के गोष्ठ थे, पणि टक्कर खाकर यमुना-पार भाग चुके थे। उनकी गंगा (नदी)

के किनारे के नगरों को भी आर्य जन लूट ले गये थे। पर, आर्यों के लिए यमुना के पूर्व की दुनिया अज्ञात थी। उन्हें नहीं मालूम था, कि वह कितनी दूर तक है और पणियों की संख्या कितनी है। इसलिए यमुना से आगे पैर बढ़ाना उन्हें पसन्द नहीं था। पणियों का भय बराबर था, क्योंकि आर्यों के अत्याचारों का बदला लेना वह आवश्यक समझते थे। आर्यजनों के लिए अपनी भूमि से बाहर बरस-छह महीने रह जाना कोई बात नहीं थी। उन्हें अरण्य की आवश्यकता थी। सत्तू और अपूप (रोटी) भी उनके खाद्य थे, पर थोड़ी ही मात्रा में जिसका मिलना दुर्लभ नहीं था। इसीलिए इस भूमि में पुरुओं के भिन्न-भिन्न जन और उनके जननायक पड़े हुए थे। एक-एक के पास हजारों पशु थे, इसलिए उनके डेरे दूर-दूर थे। अश्व जैसे शीघ्रगामी वाहन उनके पास थे, इसलिए पाँच-सात योजन उनके लिए कुछ घंटों की दूरी थी। आर्य नारियाँ पुरुषों की तरह ही घुड़सवारी में दक्ष थी और शत्रु का सामना निर्भीकता से कर सकती थीं। इसी कारण कभी पौरवी वर्ध्यश्व के साथ पुरुओं के गोत्र (गोष्ठ) में पहुँचती और कभी छह वर्ष के कशोंजु एवं अपने पति को लिए पुरुकुत्सानी ननद के गोत्र में पहुँचती।

त्रसदस्यु का नाम अब कशोंजु पड़ गया था। पिछले साल की बात है। एक दिन शाम को सरस्वती के टेढ़े-मेढ़े तट के भीतर एक तरुण सिंह छिपा हुआ था। त्रसदस्यु को कोड़ा लेकर बछड़े-बछड़ियों के पीछे दौड़ना बहुत पसन्द था। वह वैसे ही दौड़ रहा था, कि आदमी की आवाज पा, सिंह अपने छिपने की जगह से निकला। त्रसदस्यु ने इस नये जन्तु को देखा और कशा (कोड़ा) लिए उसके पीछे दौड़ा। सिंह भागा जा रहा था और बालक उसका पीछा कर रहा था। लोगों की नज़र पड़ी। डर गये। पुरुओं का भावी राजा काल के गाल में जा रहा था। लोगों ने दौड़कर उसको पकड़ा। उसके साहस से पुरुजन बहुत प्रभावित था और पारितोषिक के रूप में अब उसे लोग कशोंजु (कोड़ा लिए दौड़नेवाला) कहने लगे। माता-पिता पुत्र के इस बाल-पराक्रम पर मुग्ध थे।

बुआ कशोंजु की कहानी अनेक बार सुनकर भी तृप्त नहीं हुई थी। दोनों ननद-भाभियो में अभी एक ही सन्तान थी, इसलिए दोनों का स्नेह उसी पर केन्द्रित था। उनको काम भी क्या था? आर्यजनों में कोई भी काम करना राजा-रानी और साधारण प्रजा में एकसमान था। पुरुकुत्सानी और पौरवी भी कलशों को लेकर अपनी गायों को दुह लेती, उन्हें जंगल में हाँक ले जाती थीं। दूध गरम करना, दही-मक्खन

बनाना, जौ या दूसरी चीजों को दूध में डालकर अशिर तैयार करना, यही नहीं, गोष्ठों के कूड़े-कर्कट फेंकना भी उनके लिए त्याज्य नहीं था। काम करनेवालों की कमी नहीं थी। साधारण आर्य-परिवारों में भी पणि या निषाद जाति के दास-दासियाँ रहते थे। पुरुकुत्स और वध्र्यश्व के कुल के बारे में तो पूछना ही क्या? पुरुकुत्सानी के पास किलात दासी आश्चर्य की चीज थी, क्योंकि अभी तक आर्यों के घरों में किलात दास नहीं देखे जाते थे। सात पुरियों के युद्ध के समय कोई बच्ची पड़ी मिली। सैनिक उसे भी मारने के लिए उद्यत थे, इसी समय घोड़ा दौड़ाती पुरुकुत्सानी वहाँ पहुँच गयी। उसने उसे उठा लिया। अब वह आठ-नौ वर्ष की हो गयी थी, अधिकतर कशोंजु के साथ खेलना उसका काम था। अबोध बालिका अभी समझ नहीं रखती थी, कि उसके साथ कैसा बर्ताव किया जा रहा है। कभी-कभी शवला (काली) कहकर, उसको झिड़का जाता, तो उसे यह अवश्य मालूम होता कि मेरी गणना पीतकेशों में नहीं, कृष्ण-त्वचों में है। यह वर्ण (रंग) की रेखा को नहीं मिटा सकती थी, पर पुरुकुत्सानी का किलाती (किलात-पुत्री) पर वात्सल्य था। कशोंजु और किलाती अपने खेल में लगे थे। ननद-भाभियाँ एक अश्वत्थ (पीपल) के नीचे बैठी मन-बहलाव कर रही थीं।

वसन्त का समय था, कुछ वृक्षों के पत्ते गिरने लगे थे। कितने ही तो नंगे हो चुके थे, कितनों में नये पत्ते आ गये थे। अश्वत्थ के पत्र वैसे भी कोमल और बहुत चिकने होते हैं, नवीन पत्र तो शुकों के पंखों जैसे सुहावने मालूम होते थे। आर्यों के शरीर पर बारहों मास चमड़े या ऊन की पोशाक रहती थी, इसलिए जाड़े से उन्हें क्यों भय होने लगा। अपराह्न में गर्मी भी नहीं थी। दोनों सज-धजकर आयी थीं। ननद अभी किशोरी थी, भावज उसे सजाने में आनन्द का अनुभव करती थी। पौरवी के पिंगल केशों को चार कपर्दो (वेणियों) में गूँधकर दो पीछे और दो कपोलों पर लटका दिया था। उसकी बड़ी-बड़ी नीली आँखें हर्षोत्फुल्ल हो अपनी भाभी की ओर स्नेह से देख रही थीं। भाभी और भी स्नेह प्रतिदान करती हुई बोली ननद, तू कितनी सुन्दर है?

–भाभी, तुम किससे कम हो? तुम्हारे लावण्य का बखान तो सारे सप्तसिन्धु में हो रहा है।

–पर मैं तो पुत्रवती हो चुकी हूँ, तू तो अभी कलोर है।

–पुत्रवती होना तो बड़े सौभाग्य की बात है, फिर तुम्हें कशोंजु जैसा पुत्र मिला है।

–नहीं ननद, तू भी पुत्रवती होने ही वाली है।

–तब मैं भी पुरानी हो जाऊँगी।

–तेरी जैसी का सौन्दर्य, इतनी जल्दी पुराना नहीं हो सकता। पैजवन (वर्ध्यश्व) सचमुच बड़ा भाग्यशाली है, जो उर्वशी-जैसी पत्नी उसे मिली।

–भाभी उर्वशी कैसी रही होगी, जिसके पीछे पुरुरवा पागल बना फिरा।

–बिल्कुल तेरी जैसी। देखती नहीं, जहाँ पौरवी पहुँच जाती है, नर-नारी उसी तरफ एकटक देखने लगते हैं। आर्य नारी का सौन्दर्य तेरे रूप में निखरा है। केशों को देखें या तुंग नासिका को, नीले नेत्रों को देखें या लाल अधरों को, चंद्रखण्ड जैसे कपोलों पर दृष्टिपात करें या उन्नत श्वेत ललाट पर, शक्तिसम्पन्न सुधर बाहु-लताओं को देखें या उनकी कोमल पतली अँगुलियों और आरक्त करतल को। वक्ष, कटि, जानु, जंघा (पिंडली), पादतल सभी इतने सुन्दर हैं कि तेरी उपमा तू ही हो सकती है।

–इसीलिए मैं द्वितीय उर्वशी हूँ, क्यों?

–हाँ, पर वह उर्वशी नहीं, जो पुरुरवा को रुलाती रही।

–अपने प्रियतम से ऐसा निष्ठुर बर्ताव, वह कैसे कर सकी?

–वह मानवी नहीं थी।

–पर दानवी भी तो नहीं थी। अप्सरा थी, देवांगनाओं में श्रेष्ठ थी।

–ननद तेरे मुँह से कितनी बार मैं उर्वशी का गीत सुन चुकी हूँ, पर तृप्त नहीं होती। एक बार और सुना।

–लेकिन मैं तभी गाने के लिए तैयार हूँ, जब तुम भी उस गान में साथ दो। कैसे?

–पुरुरवा की बातें मैं गाऊँगी और उर्वशी की तुम।

–नहीं प्यारी, तू उल्टा कहती है। उर्वशी लायक तू ही है। नारी-सुलभ कोमलता का मुझमें अभाव है।

–भाभी, ऐसा क्यों कह रही हो। शौर्य और सौन्दर्य का अद्भुत मिश्रण तुम्हारे भीतर है, इसे सभी कहते हैं और तुम भी जानती हो।

–अच्छा तो शौर्य की एकाधिकारिणी होने के कारण मैं ही पुरुरवा के गीत गाती हूँ।

दोनों ने उस स्थान से पुरुरवा की गाथा शुरू की, जबकि उर्वशी तीन साल तक पास रह अपने पुत्र भरत को पैदा कर उसे छोड़ कर जाना चाहती है। पुरुकुत्सानी ने पुरुरवा के करुण स्वर में गाया–

हे जाया, हे घोरे (निष्ठुर) मन इधर कर, ठहर, हम आपस में बात करें। यदि हम दोनों मंत्रणा न करेंगे, तो आने वाले हमारे दिन सुख के नहीं होंगे।

पुरुकुत्सानी (उर्वशी)–इस हमारी बात से क्या प्रथम उषा-सी मैं तेरे पास नहीं आई?

हे पुरुरवा! अपने घर चला जा। वायु की तरह मैं दुर्लभ हूँ। पुरुरवा–तेरे बिना मेरे तूणीर से बाण नहीं फेंका जाता, श्री नहीं मिलती, सैकड़ों गौओं को मैं जीतकर नहीं ला सकता, वीरों-रहित मेरे कार्य शोभते नहीं। न (मेरे) योद्धा नाद करने की सोचते हैं।

उर्वशी–हे उषा, यदि वह उर्वशी श्वसुर धन देने की इच्छा करता, तो पास के घर से शयन-घर में जाती और दिन-रात आराम से रहती। पुरुरवा! दिन में कै बार मुझे तू दण्ड से पीटता था। मेरा किसी सौत से झगड़ा नहीं था।

मेरे ही घर में तू आता था, तब हे सुवीर, तू मेरा अंग था।

पुरुरवा–जब पुरुरवा मानुष होकर अमानुषियों का सेवन करने के लिए बढ़ा, तो वह हिरनी की तरह या रथ में जोते अश्वों की तरह भयभीत होकर भागी। जब (उसने) मरणधर्मा होते अमृताओं से सम्पर्क करने के लिए उसके पास जाने का प्रयत्न किया, तो वह अन्तर्धान हो गयी, शरीर को नहीं दिखाया।

कीड़ा करते अश्वों की तरह भाग गयी।

पुरुरवा–बिजली की तरह चमक धारण करती, जो उर्वशी मेरी कामनाओं को पूरा करती थी, जिसने (मेरे लिए) सुजात मानुष-पुत्र जना, वह उर्वशी उसे दीर्घायु करे।

उर्वशी–हे पुरुरवा, तूने रक्षा के लिए इसे पैदा किया, मेरे में आज धारण किया। जानते हुए मैंने तुझे कहा था।

उस समय मेरी बात तूने नहीं सुनी, (अब) क्यों व्यर्थ बोलता है।

पुरुरवा–पैदा हुआ पुत्र (तेरी) इच्छा करेगा। क्या जानते हुए वह आँसू नहीं गिरायेगा?

स्नेहयुक्त पति-पत्नी को कौन वियुक्त करेगा?

जो श्वसुर के घर में आग जल रही है, उसे कौन बुझायेगा?

उर्वशी–मैं तुझे बतलाती हूँ। वह (शिशु) तेरे पास आँसू नहीं गिरायेगा, न रोयगा। मैं उसका कल्याण करूँगी, उसे मैं तेरे पास भेज दूँगी। तू घर लौट जा, तू मुझे नहीं पा सकता।

पुरुरवा–सूर (पुरुरवा) आज गिरेगा, अत्यन्त दूर जा के। (वह) फिर नहीं लौटेगा? वह आपदाओं के नीचे दबेगा, उसे भेड़िये बलात् खा जायेंगे।

उर्वशी–हे पुरुरवा! तू नहीं मर, तू नहीं गिर, न अशिव भेड़िये तुझे खायें। स्त्रियों की मित्रता नहीं हुआ करती, (उनके) ये हृदय (नहीं) ये तो, शालावृको (भेड़ियों) के हृदय होते हैं।

दोनों के मधुर कंठ से निकले गीत के स्वर चारों ओर फैल रहे थे। पुरुरवा उर्वशी के वियोग का गान क्यों उन्हें पसन्द आया? वह बहुत करुण था। गाते-गाते दोनों के नेत्र गीले हो गये और पौरवी ने मानो अपने हृदय के विषाद को हटाने के लिए ही कहा–

–यह नहीं हो सकता। स्त्रियों के हृदय की उपमा भेड़िए से नहीं दी जा सकती। जिसे एक बार हृदय अर्पित कर दिया, उसके साथ ऐसी निष्ठुरता नहीं बरती जा सकती।

पुरुकुत्सानी बोली–लेकिन, उर्वशी मानवी नहीं, देव–कन्या, अप्सरा थी। वह देवलोक को कैसे छोड़ सकती थी?

–यदि किसी नारी को अपने लोक और प्रेमी में एक को चुनना हो, तो वह प्रेमी को ही चुनेगी।

पुरुकुत्सानी–देवों में हमारी तरह का एकान्त समर्पण नहीं है।

–मैं एकान्त समर्पण की बात नहीं करती। समर्पण दोनों तरफ से होता है। यदि दूसरी तरफ वैसा भाव न हो, तो मैं नारी को नारी बनने के लिए नहीं कहती। अच्छा भाभी, उर्वशी के पुत्र का क्या हुआ?

उर्वशी का पुत्र भरत था, जिसकी सन्तान भरत जन है।

–अर्थात् हमारे तृत्सु उसी भरत की सन्तान हैं। तो क्या यह अर्धदेव और अर्धमानव हैं?

–अर्धदेव और अर्धमानव कोई नहीं हो सकता। तृत्सु भरत पूरे मानव है, पुरुरवा भी मनु की सन्तान।

किलाती के साथ खेलता त्रसदस्यु दूर चला गया था। शायद गाने की आवाज उसके कानों में पड़ी, वह दौड़ा-दौड़ा आया। माँ से पहले ही बुआ ने गले से लगा लिया। बुआ के गीतों को वह बहुत पसन्द करता था। उसने कहा–"बुआ, एक बार फिर गाओ।"

उसका आग्रह टाला नहीं जा सकता था। लेकिन, गीत को दोहराने से पहले पौरवी ने अपनी भाभी से कहा–

–भाभी, इसका नाम अर्धदेव क्यों न रखा जाय?

–कितने नाम रखोगी? क्या त्रसदस्यु और कशोंजु पर्याप्त नहीं हैं।

–पर, मुझे अर्धदेव पसन्द आता है, मैं तो इसे इसी नाम से पुकारूँगी।

पौरवी ने फिर एक बार पुरुरवा की गाथा को अकेले गाकर सुनाया।

पैजवन-केत (कुल) में आज आनन्द-उल्लास फैला हुआ था। वृद्ध ऋत्विज इन्द्र-अग्नि, इन्द्र-सोम, इन्द्र-वरुण की स्तुति गा रहे थे। प्रज्ज्वलित अग्नि में हवन हो रहा था। स्त्रियाँ मधुर कण्ठ से गीत गा रही थीं। वर्ध्यश्व को प्रथम पुत्र प्राप्त हुआ था। सरस्वती की गद्गद होकर वह वन्दना कर रहा था–सरस्वती ने पैजवन कुल को यह पुत्र प्रदान किया।

पुरुकुत्सानी पहले कशोंजु के साथ आ गयी थी। पुत्र-जन्म के दिन पुरुकुत्स भी पहुँच गया। बालक त्रसदस्यु चारों ओर के उल्लास को देखकर जानने की कोशिश करता था। पुरुकुत्सानी उसे यह कहकर समझाती थी, तेरा भैया आ रहा है। लेकिन, बालक की जिज्ञासा इतने से तृप्त थोड़े ही हो जाती। वह प्रश्नों की झड़ी लगा रहा था–कहाँ है मेरा भैया, दिखा? कहाँ से आया?

त्रसदस्यु बचपन ही से इन्द्र की महिमा सुनता था। महान् इन्द्र भैया को भेज रहा है, यह उत्तर उसे पर्याप्त मालूम हुआ, लेकिन वह बड़ी अधीरता से नये भैया को देखने की प्रतीक्षा में था और नये शिशु को देखने वालों में वह पहला था। सफेद गोल-गोल लोंदा-सा देखकर उसे पहले सन्तोष नहीं हुआ। शिशु की आँखें मुँदी हुई थी, जिससे वह समझने लगा, शायद उसकी आँखें नहीं है। पर, माँ और फुआ ने समझाने की कोशिश की–तू भी जब महान् इन्द्र के पास से आया था, तो ऐसा ही था।

सरस्वती-तट पर रहते ही त्रसदस्यु ने नवजात शिशु की खुली आँखें देखीं, जो उसकी माँ की तरह नीली थीं। त्रसदस्यु की माँ सुवर्णाक्षी थी, पर फुआ नीलाक्षी। खड़े होने तक के लिए पुरुजन सरस्वती के किनारे नहीं रह सका, पर त्रसदस्यु ने अपने नवागत भाई को आँखें खोलते गूँ-गाँ करते देखा। चेहरे का आकार-प्रकार अब वही नहीं था। उसका नाम दिवोदास रखा गया। दिवोदास बेचारा अभी समझता भी न था, पर त्रसदस्यु दिन में पचास बार दिवोदास कहकर पुकारता था। उसकी गोद में शिशु को देना नहीं चाहते थे, लेकिन कभी-कभी किलाती की गोद से लेकर वह अपना वात्सल्य प्रकट करता। बाल-सुलभ भाषा में कहता–दिवो, कोई बात नहीं, तू भी बड़ा हो जायेगा, मेरे जैसा। फिर हम दोनों खेला करेंगे। बछेड़ों को पकड़ेंगे, मुँह में लगाम देकर उनकी पीठ पर चढ़ेंगे। डरने की बात नहीं। मेरी नना (माता) खूब घोड़ा दौड़ाती है। उसका घोड़ा बहुत बड़ा है। मैं तो उसके पेट को भी नहीं छू सकता। देखा, वह कैसे कूदकर उस पर चढ़ जाती है। मैं भी चाहता हूँ। मुझे बछेड़ा पहचानता भी है। हाँ, वह मेरा मुँह सूंघता है, उसी तरह जैसे नना। समझ रहा है ना?

दिवो के 'गूँ' को त्रसदस्यु ने समझा, 'हूँ' कर रहा है। फिर वह उससे बातें करने लगा, हम दोनों बड़े-बड़े हो जायेंगे, तो जानता है क्या करेंगे? खूब अश्व दौड़ायेंगे। कैसा अश्व पसन्द करेगा? लाल या सफेद हम दोनों के घोड़े एक ही रंग के होने चाहिए।

दिवो ने फिर 'गूँ' किया। त्रसदस्यु ने अपनी बात जारी रखी, हाँ, ठीक कहा। हम दोनों के अश्व एक ही रंग के रहेंगे। पुरुओं के पास बहुत अच्छे-अच्छे घोड़े हैं। मैं उन्हें पसन्द करूँगा। बछेड़े का रंग लाल। खेलते-खेलते वह हमारे दोस्त बन जायेंगे। फिर उन्हीं पर हम सवार होंगे।

दोनों के वार्तालाप में विघ्न डालने के लिए मातायें तैयार नहीं थीं।

पुरुओं के उत्तर जाने के कुछ दिनों बाद तृत्सु भी पश्चिम की ओर चले गए। पौरवी को पुरुओं का वियोग दुःखदायक लगा और जब सरस्वती को छोड़ने का दिन आया, तो उसका दिल भारी हो गया। सरस्वती ने उसे पुत्र प्रदान किया था। सरस्वती के लिए हवन करते उसने हृदय से कृतज्ञता प्रकट करते कहा–माता सरस्वती, तुम्हारे उपकार को कभी नहीं भूलूँगी। दिवोदास मेरा नहीं, तुम्हारा पुत्र है। इसकी रक्षा करना तुम्हारा काम है। पैजवन कुल के गौरव को कायम रख सके, इसके योग्य बनाना।

उस दिन भरतों की ओर से भोज हुआ। दैववात भरत ने सैकड़ों वृषभ पकाये, सोम की तो मानो नदी बहा दी। सायं सबन के बाद जो भोज और नाच-गाना आरम्भ हुआ, तो भिनसार तक वह चलता रहा। तृत्सु और भरत नर-नारी भारी संख्या में इस भोज में सम्मिलित हुए। सवेरे सूर्योदय के होते ही तृत्सु चले गये। उनके गोष्ठों का सूनापन कितने ही दिनों तक भरतों को उदास करता रहा। पर आर्यों का जीवन सदा एक जगह रहने का नहीं था। उसमें संयोग-वियोग होते ही रहते थे। बन्धु-प्रेम और अतिथि-परायणता ऐसी बातें थीं, जो उन्हें मिलने का प्रायः अवसर दे दिया करती थीं। युद्धों के कारण भी वह प्रायः एकत्रित हो जाया करते थे। साल भर की प्रतीक्षा के बाद मालूम हो गया, यमुना-पार के पणि फिर भरतों की भूमि पर आक्रमण करने की हिम्मत नहीं रखते, इसीलिए अब सरस्वती के किनारे आगन्तुक जनों के रहने की आवश्यकता नहीं थी।

बीस महीने से परुष्णी का तट वर्ध्यश्व पैजवन देख नहीं पाया था। सरस्वती के लिए उसके हृदय में स्नेह और भक्ति थी। पर परुष्णी (रावी) उसकी अपनी माता थी। सरस्वती को वह स्नेहमयी मौसी का स्थान दे सकता था, यद्यपि वह यह कहकर सरस्वती देवी को रुष्ट नहीं करना चाहता था। पर, कहाँ परुषी और कहाँ सरस्वती? परुष्णी की धार गर्मियों में भी बढ़ जाती थी, जाड़ों में भी वह विशाल थी, जिसके स्वच्छ निर्मल जल के भीतर बालुका-कण झिलमिल-झिलमिल चमकते थे। उसमें तैरने में विशेष आनन्द आता था। सरस्वती की क्षीण धार को, तो जान पड़ता था, आदमी कूदकर भी पार हो जाये। परुष्णी की धार में तैरकर पार करने में पूरा व्यायाम हो जाता था और पार जाना सभी के वश की बात नहीं थी। वर्ध्यश्व को यह भी भली-भाँति मालूम था, कि परुष्णी पर इन्द्र की बड़ी कृपा है। उषा देवी से छेड़-छाड़ करते एक बार इन्द्र ने उसके शकट के चक्के को परुष्णी के किनारे गिरा दिया था। सरस्वती के किनारे जब हजारों गाय-घोड़े आ जाते, तो डर लगता, वह कहीं सारे पानी को न पी जायें, पर परुष्णी का जल क्या कभी कम होने वाला था? इतने दिनों के बाद परुष्णी के जल के स्पर्श से वर्ध्यश्व को विचित्र आनन्द मालूम होता था।

दिवोदास छह ही महीने का था, जब वह सरस्वती की गोद छोड़कर चला आया था। उसकी उसे क्या याद आ सकती थी? पर नना सरस्वती के प्रति बड़ी कृतज्ञ थी।

वह अपने पुत्र के कानों में बराबर सुनाती रहती थी–"सरस्वती तेरी माता है, उसने तुझे हमें दिया।" इसके साथ सरस्वती-सम्बन्धी कुछ ऋचाएँ भी वह बड़े मधुर स्वर से गाया करती। दिवोदास को सरस्वती नदी के तौर पर नहीं, बल्कि देवी के तौर पर याद रह गयी। पर, उससे बढ़ना परुष्णी के किनारे था।

मातुलपुत्र त्रसदस्यु कितनी ही बार अपनी ही माँ के साथ पैजवन केत में आता। इस समय दोनों ही बालक साथ खेला करते, पर दोनों की आयु में सात वर्षों का अन्तर था, इसलिए वह एकता स्थापित नहीं हो सकी थी, जो समवयस्कों में होती है। त्रसदस्यु ने पाँच वर्ष की आयु में कशोंजु की उपाधि प्राप्त की, तो दिवोदास भी निर्भीकता में कम नहीं था। शरीर के आकार और बल में वह अपनी आयु के लड़कों से सदा दो साल बड़ा मालूम होता। नना को इसके लिए बड़ा अभिमान था। जिस तरह उसका पुत्र बढ़ता जा रहा था, उसी तरह नना की देवताओं में भक्ति भी बढ़ती जा रही थी। यद्यपि तीन साल बाद पौरवी को एक और पुत्र सुमित्र पैदा हुआ, पर वह दिवोदास से माता के स्नेह को बंटाने में सफल नहीं हुआ। शायद इसका कारण दिवोदास का अधिक शरीर-सौन्दर्य, बल और प्रतिभाशाली होना था।

त्रसदस्यु और दिवोदास अपने लिए बछेड़ों को नहीं चुन सके। पर दिवोदास का बछेड़ों से बहुत शौक था। चार वर्ष की उम्र में ही वह एक बछेडे की पीठ पर चढ़ गया और दौड़ने पर जब जमीन पर गिर पड़ा, तो जरा भी नहीं रोया। पिता को हथियार बाँध कर बाहर जाते देख दिवोदास भी मचल पड़ा और उसका हठ इतना जबर्दस्त था, कि उसे पूरा ही करना पड़ता। उसके लिए छोटा-सा अयःशिप्र (ताँबे का शिरस्त्राण), छोटा-सा धनुष और इषुधि, यहाँ तक कि छोटी-सी असि भी बना देनी पड़ी थी। उन्हें पहनकर वह लघु वर्ध्र्यश्व बन जाता। वर्ध्र्यश्व यद्यपि पुरुओं के मुख्य जन का नायक नहीं था। वह सौभाग्य तो उसके साले पुरुकुत्स को प्राप्त था, पर वैयक्तिक शौर्य के कारण वह सप्तसिंधु में एक ऊँचा स्थान प्राप्त कर चुका था। युद्ध में एक कुशल सेनानी था। एक बड़े योद्धा के कारण ही उसकी प्रसिद्धि नहीं थी, बल्कि सभी जनों की समृद्धि की कामना करते हुए, वह सबके लाभ के लिए प्रयत्नशील था और आपसी झगड़े को मिटाने में सदा सफल रहता। उसके पहले तृत्सु जन और पैजवन राजकुल की स्थिति बहुत ऊँची नहीं थी। परुष्णी के तट की उर्वर भूमि जो क्षेत्रों और महान् अरण्यों से ढँकी

थी—ने उसके गो-अश्वों को बढ़ाकर समृद्ध बना दिया था, तो भी वर्ध्यश्व के अपने निजी गुण यदि अधिक न होते, तो उसका प्रताप इतना न बढ़ता। इस उत्कर्ष से पड़ोसियों को ईर्ष्या भी कभी-कभी होती थी। पुरु नहीं चाहते थे कि हमारी एक शाखा (तृत्सु) हमसे समानता का दावा करे। तुर्वसु, यदु, अनु, द्रुह्यु भी तृत्सुओं और उनके राजा को पुरानी दृष्टि से देखना चाहते थे। पर, वर्ध्यश्व उनकी ईर्ष्या को आगे बढ़ने नहीं देता था। यदि वह अपने योद्धापन का अभिमान करता, तो अवश्य पड़ोसियों के कोप का भाजन बनता, परन्तु वह तो सबका मित्र, सबका बन्धु था। उसके गोत्र में सबका दिल खोलकर स्वागत होता। आर्यजनों के सैकड़ों अतिथि प्रतिदिन उसके साथ भोजन-पान करते। अपनी स्वाभाविक बन्धुता के कारण वह शत्रु को भी अपना मित्र बना लेता। दिवोदास पिता के इस जीवन का अंग होते बढ़ने लगा।

जाड़ों में वर्ध्यश्व का गोत्र उत्तर में ऐसे स्थान में चला जाता, जहाँ से उत्तर के बृहत् पर्वत दूर नहीं रह जाते। दिवोदास अपने पिता से इनके बारे में पूछता। वस्तुतः पर्वतों के देखने का उसे कई सालों तक अवसर नहीं मिला। भरतों की भूमि में पर्वत नहीं थे। मातुल कुल के उत्तरी छोर पर बृहत् पर्वत अवश्य थे, पर उन्हें देखने का उसे अवसर नहीं मिला था। पहले-पहल उन्हें देखकर उसे मालूम हुआ कि यह भी मेघ है। नना ने बतलाया—"मेघ नहीं, यह पर्वत हैं। मेघ पानी के बने होते हैं और यह पत्थर के बने हैं।" पीछे तो हर साल उसे पर्वतों के पास जाना पड़ता। कभी-कभी उसकी इच्छा पर्वतों में घुसने की भी होती, लेकिन पिता-माता मना कर देते। वहाँ क्या भय की चीज हो सकती है, यह दिवोदास की समझ में नहीं आता था। फिर कहा जाता—यहाँ इन बृहत् पर्वतों में देव, गन्धर्व और अप्सराएँ रहती हैं। पर, दिवोदास के लिए यह भय की वस्तुएँ नहीं थीं। वह उनको सम्मान दिखाने के लिए तैयार था। वह भी अपने भक्तों पर कृपा करते हैं, यह उसे मालूम था। फिर माता ने बतलाया—वहाँ पिशाच रहते हैं, जो आदमी को पकड़कर खा जाते हैं। बहुत वर्षों तक उसे समझ में नहीं आया, कि पिशाच क्या चीज है? आर्यों से भिन्न शरीर के वर्ण-आकृतिवाले आदमी उसने देखे थे। भूरे पणि और काले निषाद तो उसके अपने घर में दास-दासियों की तरह रहते थे। अपने मातुल कुल में उसने दासी किलाती को भी देखा था, जो अब तरुणी हो चुकी थी, लेकिन पिशाच मानव नहीं हैं, यह भी वह सुनता था। इसलिए वह उनके आकार-प्रकार को

अपनी आँखों के सामने चित्रित नहीं कर सकता था। पिशाच को देखने की उसकी बड़ी इच्छा थी। हमारे आसपास में भी रात-विरात वही पिशाच आ जाते हैं, यह उसे नहीं बतलाया गया था। माता-पिता अपने पुत्र को निर्भीक रखना चाहते थे, इसीलिए भयभीत होने का कोई अवसर उपस्थित नहीं होने देते थे।

उस छोटी आयु में दिवोदास को मृगया में जाने का कहाँ मौका मिलता? पर, वह अपने धनुष-बाण को बराबर लिए घूमता और जब सियार-लोमड़ी अँधेरे-उजाले में कभी दिखलाई पड़ते, तो तीर छोड़े बिना नहीं रहता। उसका तीर ऐसा सधा होता, कि ठीक लक्ष्य पर जाता। उसके तीर के फल न तेज थे, न उसके धनुष में इतना बल था, कि लक्ष्य का कोई नुकसान होता। पर, अपनी इस सफलता पर उसे बड़ी प्रसन्नता होती।

अश्व-समन

[1205 ई०पू०]

"धन्वना गा धन्वनाविं जदेय"

बसन्त की ऋतु थी। परुष्णी का जल नीले रंग का था। धारा यद्यपि वर्षों की तरह विस्तृत नहीं थी, पर काफी चौड़ी थी। दोनों तटों पर कितनी ही दूर तक बलुका थी। फिर तृणाच्छादित समतल भूमि और उसके बाद घना जगल था। समन (मेले) के लिए खास जंगल साफ करके एक योजन लम्बा और कोस से अधिक चौड़ा यह मैदान बनाया गया था। इसी साल के लिए यह खास तौर से नहीं तैयार किया गया था, तृत्सुओं को हर साल इसकी आवश्यकता पड़ती थी, क्योंकि यहीं उनका वार्षिक अश्व-समन होता था। उसमें सौर पुरु-सम्बन्धी जनों और पुराने पंचजनों में बाकी चार यदु, तुर्वश, अनु, द्रुह्यु भी सम्मिलित होते थे। छोटे-बड़े आर्यजन की यात्रा बिना अपने पशुधन के नहीं हो सकती थी। वहीं उनके पाथेय थे और उन्हीं के बदले आवश्यक चीजें वह प्राप्त करते थे। इस साल सप्तसिन्धु के सभी जनों को वर्ध्यश्व ने आमंत्रित किया था। समन का स्थान यद्यपि यही लम्बा-चौड़ा मैदान था, पर हरेक जन और उसके ब्राज अरण्य में दूर-दूर तक डेरा डाले हुए थे। समन का मुख्य कार्य मध्यन्दिन सवन के बाद अपराह्न में होता था, जबकि कहीं मल्लयुद्ध और मुष्टियुद्ध होता, कहीं रथों की दौड़ होती और कहीं तरुण-तरुणियाँ नृत्य भी रचाते थे। प्रातःकाल यद्यपि उषा के आगमन के साथ सभी तरुण नहीं उठ बैठते थे, पर उषा की स्तुति करने वालों की संख्या कम नहीं थी। सारे आर्य जानते थे, कि यहीं परुष्णी (रावी) के बायें तट पर छेड़छाड़ करते इन्द्र ने उषा के शकट-चक्र को गिरा दिया था। वह स्थान उनके लिए अत्यन्त पवित्र था, क्योंकि उषादेवी अपने भग्न चक्र के लिए बहुत स्नेह रखती थी।

सूर्य के रोहित गोलार्ध के बाहर आते ही सविता की स्तुति से सारी स्थली प्रतिध्वनित हो जाती। फिर अपने-अपने साथ लाये अग्नि को प्रज्ज्वलित कर प्रत्येक कुल हवन करता, अग्नि की प्रार्थना करता। अग्नि के लिए प्रस्तुत किये गये पुरोडाश और सोम का यज्ञशेष ग्रहण करते। फिर लोग दूसरे-दूसरे कामों में लग जाते। पशुओं के चरने के लिए विशाल जंगल थे। जहाँ लाखों पशु एकत्रित हों, वहाँ कुछ का एक रेवड़ से दूसरे रेवड़ में मिल जाना आसान था। इसीलिए हरेक कुल और ब्राज ने अपने पशुओं के नितम्बों पर विशेष चिह्न दाग रखे थे।

वैसे तो आर्यों के सभी पशु सुपुष्ट और बड़े–बड़े थे। पर, गौओं के बारे में भरत और कुशिक सबसे आगे बढ़े हुए थे। अश्वों के लिए पख्तों और भलानसों, गंधारि और अलिनों के रेवड़ दर्शनीय थे। उनके कितने ही घोड़े तो इतने महाकाय थे, कि जिन्होंने नहीं देखा वह विश्वास भी नहीं कर सकते थे। इनके देखने के लिए लोगों की भीड़ लगी रहती।

यह सारे सप्तसिन्धु के आर्यों का समन था। पर सप्तसिन्धु में केवल आर्य ही नहीं रहते थे। वहाँ पणियों के स्थायी नगर और गाँव थे। साधारण से साधारण पीतकेश (आर्य) के सामने भी आढ्य-से-आढ्य पणिकों को सिर झुकाना पड़ता था। वह राह चलते, बिना कारण भी पिट जाते थे, पर प्रतिवाद नहीं कर सकते थे, क्योंकि वह आर्यों के शासन के अधीन थे। आर्य पणियों से बहुत पिछड़े हुए थे। पणि ऋतु के अनुसार अपने कपड़े को बदलकर पहनते थे। गर्मियों में वह सूती कपड़े पहनते, जिसे आर्य बड़ी तुच्छ दृष्टि से देखते थे। जाड़ों में पणि गंधारि भेड़ों के कोमल ऊन के बने कंचुक पहनते। पणियों में अधिकांश अत्यन्त गरीब और निरीह थे। उनकी काफी संख्या आर्यों के कुलों में दास-दासी के तौर पर रहती थी, जिनकी स्थिति पशुओं से बेहतर नहीं थी। किसी भी धनिक पणि के सोने-चाँदी, अन्न-धन को छीन लेने का अधिकार आर्यों को था, पर वह सर्वनाश नहीं करते थे, क्योंकि तब पणि अपने व्यापार-व्यवसाय को नहीं कर सकते। पणियों के पणन (व्यापार) से सबसे अधिक लाभ उनके स्वामियों (आर्यों) को था। आर्य यद्यपि अपनी जीविका के लिए पशुपालन और युद्ध को ही उचित मानते थे, पर उनमें सोने-चाँदी, मणि-मोती पहनने का रिवाज़ हो चला था, विशेषकर उनके राजा और सूरि कानों में बहुमूल्य कर्णशोभन

पहनते, हिरण्यवक्ष होते थे। पणि शिल्पकारों ने बतला दिया था, कि सोने के तारों के खचित और मोतियाँ लटकी उनकी बनाई ऊनी या चमड़े की द्रापि अधिक सुन्दर होती हैं। आर्य अंगनाएँ मणिमुक्ता और सुवर्ण के ओपश (मथटीका) बहुत पसन्द करती थीं, यद्यपि उनके पहनने का सौभाग्य बहुत कम को था। आभूषण के अतिरिक्त धातुओं के पात्र, अस्त्र-शस्त्र, नाना प्रकार के ऊनी वस्त्र तथा पचासों शौकीनी की चीजें पणियों से ही प्राप्त होती थीं। अवसर पड़ने पर पणियों के पशुओं के रेवड़ भी आर्यों के थे। इसलिए आर्यों का इसमें स्वार्थ था, कि पणि इस तरह न लुट जायें, कि अपने कारबार से हाथ हटा लें।

आर्य यद्यपि अपने ही भोजन-परिधान को पसन्द करते थे, पर स्वाद बदलने के लिए उन्हें पणियों के भोजन से भी परहेज नहीं था। यहाँ समन में पणियों की हाट में नाना प्रकार के भोजन बिक रहे थे। सबसे अच्छी सुरा वहीं मिलती थी। आर्य सुरा पीने से इंकार नहीं करते थे। पर उनका सबसे पसन्द पेय सोम (भाँग) था। इसमें सन्देह नहीं, कि सोम तैयार करने में जितनी आर्य स्त्रियाँ निपुण थीं, उतनी पणियानियाँ नहीं। सोम के साथ इतना पक्षपात और सुरा के प्रति इतनी अवहेलना क्यों? असल प्रयोजन तो नशा से था, जो दोनों ही में था, बल्कि सुरा थोडी मात्रा में भी अधिक नशा देने वाली थी। शायद सुरा का स्वाद कटु होना भी, उसकी अवहेलना का कारण था। सुरा की कड़वाहट को बहुत अभ्यास से दूर किया जा सकता था, पर मधु और क्षीर मिश्रित सोम पीने के लिए किसी अभ्यास की आवश्यकता नहीं थी। वह स्वभावतः स्वादिष्ट और मदिष्ठ था। आर्य अपने धन का विक्रय नहीं करते थे, यह बात नहीं थी, पर वह बहुत सीमित था और आर्य-आर्य के लिए तो उसकी बहुत कम आवश्यकता पड़ती थी। पणियों की वीथियों में किसी चीज को खरीदने के लिए वह अपने गाय या घोड़े नहीं ले जाते थे। इससे बदलने की आवश्यकता तभी पड़ती थी, जब भारी मात्रा में चीजों को खरीदना पड़ता। ऐसा अवसर समन के अंतिम दिनों में आता। छोटी-मोटी वस्तुओं के लिए यहाँ ताम्रखंडों का उपयोग होता, जिनका भार और मूल्य निर्धारित था। यह निर्धारण पणियों ने ही पहले से कर रखा था, जिसको आर्यों ने भी सीख लिया। आर्यों के यहाँ दस की संख्या प्रधान थी। दस तक गिनकर फिर वह एकदम द्वादश और दोबारा दस को द्विश, तीन बार दस को त्रिंश आदि गिनते, शत और सहस्त्र

तक पहुँचते। पणियों में दूने, चौगुने अथवा एक, सोलह के क्रम से नाप और गिनती प्रचलित थी। क्रय-विक्रय सिखलानेवाले उन्होंने अद्धा-पौवा की गिनती भी आर्यों को सिखलाई। समन यद्यपि पीतकेशों का ही था, पर क्रय-विक्रय के आपण पणियों के थे, जो आर्यों के लिए कम आकर्षण नहीं रखते थे।

त्रसदस्यु अठारह वर्ष को पारकर अब उन्नीसवें वर्ष में था। अपने फूफा की ओर से होते इस समन में वह आये बिना कैसे रह सकता था? उसके पिता पुरुकुत्स को यद्यपि अपने भगिनीपति के उच्च उत्कर्ष से प्रसन्नता नहीं थी। पुरुओं का राजा होने से वह अपने को सप्तसिन्धु का सबसे बड़ा पुरुष और सबसे ऊँचे सम्मान का अधिकारी समझता था। लेकिन, देख रहा था, लोग वध्र्यश्व की उससे कम प्रतिष्ठा नहीं करते। यदि वध्र्यश्व ने सबसे मित्रता का गहरा पाठ न पढ़ा होता, तो साले-बहनोई में अवश्य ठन जाती। वध्र्यश्व अपने साले के पुत्र पर उतना ही स्नेह रखता, जितना अपने ज्येष्ठ पुत्र दिवोदास पर। त्रसदस्यु तरुण था। वह आर्य सूरि के सारे कर्तव्यों को पूरा कर सकता था। पर, दिवोदास सभी बारह वर्ष का बालक था। शरीर से चाहे वह अधिक मालूम होता, पर था तो बालक ही। त्रसदस्यु सदा उसे साथ लिये फिरता। दोनों को अश्वों का बड़ा शौक था। उन्होंने सुना–पख्तों (पठानों) के अश्व सर्वश्रेष्ठ हैं, तो वह एक पख्त सूरि (राजकुमार, सरदार) के आवास को खोजने निकला। आवास मीलों तक पड़े हुए थे, पर पख्त सूरि के डेरे का पता लगाने में कोई दिक्कत नहीं हुई। दोनों ही लाल रंग के घोड़ों पर चढ़े, पख्त के आवास पहुँचे। झाड़ी के साथ उन्होंने अपने घोड़े बाँध दिये। दोनों की वेशभूषा से ही पता लगता था, कि वह कोई सूरि हैं। सूरि हो या साधारण पुरुष, आर्यों में सम्मान आदि में एक तरह की समानता देखी जाती थी। राजकुमार भी आयु में अपने से वृद्ध को सिर नवाता था। त्रसदस्यु के पूछने पर मालूम हुआ, यह पख्त सूरि रोहिदश्व का आवास है। रोहिदश्व दोनों आर्यों को काफी भीड़ के साथ आते देखा, तो स्वागत के लिए तैयार हो गया। त्रसदस्यु ने आगे बढ़कर उसका अभिवादन करते हुए कुत्स पौरव के नाम से वध्र्यश्व और तृत्सु पैजवन के नाम से अपना और दिवोदास का परिचय दिया। रोहिदश्व ने त्रसदस्यु को पहले अपनी बाँहों में पकड़कर गाढ़ालिंगन करते हुए ललाट का आघ्राण (सूँघना) किया, फिर दिवोदास को गोद में उठाकर, उसका कितनी बार चुम्बन और आध्राण किया। त्रसदस्यु ने कहा–

–आर्य, अपने पख्त आर्य के दर्शन के लिए हम आपके पास आये हैं।

–पैजवन के तो हम यहाँ अतिथि हैं। हमें बलात् आपके सामने कहना पड़ता है, कि भ्राता वर्ध्यश्व ने हमारी सुख-सुविधा का पूरा प्रबंध किया है। यहाँ हमारे गो-अश्व वैसे ही स्वच्छन्दतापूर्वक विचर रहे हैं, जैसे पख्तों की भूमि में। हमारे नर-नारी भी तृत्सु भूमि को अपनी भूमि जैसा ही सुखद पाते हैं।

–तो आर्य, पख्त भूमि भी भरतों की भूमि जैसी ही है?

रोहिदश्व ने खड़े–खड़े बात करना पसन्द नहीं किया। वह दोनों का हाथ पकड़े अपनी पर्णशाला में ले गया, जो हाल ही की बनी थी। अभी भी उसके पत्ते और लकड़ियाँ हरी थीं। शाला के भीतर पहुँचने पर रोहिदश्व की पत्नी, ज्येष्ठ पुत्र और एक पुत्री ने स्वागत किया। दिवोदास ने भी अग्रज का अनुगमन किया। त्रसदस्यु ने रोहिदश्व की पत्नी का चरण स्पर्श कर नाम-गोत्र बतलाते हुए नमस्कार किया। दिवोदास ने भी अग्रज का अनुगमन किया। पत्नी ने दोनों को उपाघ्राण कर आशीर्वाद दिया। वह बिछे कम्बल पर बैठ गये। शाला में जितने आ सकते थे, उतने दूसरे पख्त नर-नारी भी बैठ गये। त्रसदस्यु और दिवोदास जानते थे, कि पख्त भी हमारी तरह आर्य हैं, पख्तों के बाल भी उन्हीं की तरह सुनहले थे। हाँ, उनमें सभी की आँखें नीली थीं। केशों में किसी-किसी के रुपहले भी थे। उनको मालूम नहीं था, कि यहाँ चुने हुए पख्त आये हैं, नहीं तो अतिशयोक्ति करते हुए न समझते कि सभी पख्त पुरुओं से अधिक दीर्घकाय होते हैं। पख्त भी उसी तरह अधोवस्त्र, द्रापि तथा सिर पर उष्णीष धारण करते थे, जैसे कि पुरु, पर उनमें अधिक सादगी थी। रोहिदश्व की द्रापि में कहीं सोने का स्पर्श नहीं था, न उसके उष्णीष श्वेत ऊनी पट से लपेटे रहने के सिवा कोई दूसरी चीज थी। रोहिदश्व की आयु पचास के करीब रही होगी। उसकी लम्बी दाढ़ी के पीले केशों में कुछ सफेद हो चले थे, पर स्वास्थ्य और शरीर की पुष्टि में किसी प्रकार की कमी नहीं थी। पख्तनियाँ दोनों तरुणों को एकटक देख रही थीं। दोनों बहुत सुन्दर थे, इसमें सन्देह नहीं। साथ ही वह यह भी जानती थीं, कि यह प्राची (सप्तसिन्धु) के दो बड़े-बड़े राजाओं के पुत्र हैं। पुरुओं का नाम पख्त भी बड़े सम्मान से लिया करते थे, क्योंकि वह जानते थे, कि पणियों को असुरों के विशाल क्रूर जगत् से पुरुओं को ही मुकाबिला करना पड़ता है। रोहिदश्व ने फिर बात शुरू की–

–पख्त जन यहाँ से बहुत दूर रहता है।

–लेकिन, स्नेह दूरी को दूर कर देता है।

–हाँ, हमारी नसों में एक ही रुधिर बह रहा है।

–हम, आर्य भूमि के पूर्वी अन्त पर रहते हैं और आर्य उसके पश्चिमी छोर पर।

रोहिदश्व ने बीच में बात काटते हुए कहा–नहीं पुत्र, पूर्व में शायद पुरुओं के बाद आर्य भूमि समाप्त हो जाती है, पर पश्चिम में पख्तों के साथ सप्तसिन्धु भले ही समाप्त हो जाये, पर आर्य भूमि समाप्त नहीं होती।

–तो क्या उसके और आगे तक आर्य पाये जाते हैं?

–हाँ, हमसे दूर उत्तर में कुरु रहते हैं और पृथुपशु जो सप्तसिन्धु में आ बसे हैं, उनका बड़ा भाग हमसे पश्चिम और उत्तर-पश्चिम में रहता है। पृथुपशुओं की भूमि में मैं एक-दो बार गया हूँ। कुरुओं में जाने का मुझे अधिक अवसर मिला है।

तो प्राचीन (पश्चिम) में सुदूर भूमियों में रहने वाले आर्य भी हमारी तरह के है?

–देश-भेद से कुछ अन्तर तो सभी में हो जाता है।

–हाँ, हम सभी पुरु सन्तान हैं, पर हमारे तृत्सुओं, भरतों, कुशिकों में भी कुछ अंतर अवश्य है, जिसके कारण हम एक-दूसरे को देखते ही पहचान लेते हैं। कुछ अपने कपर्द (जूड़े) अलग ढंग से बाँधते हैं। कोई दक्षिणतः कपर्द है, कोई वामतः कपर्द और कोई ऊर्ध्व कपर्द।

–यही बात है। जितना ही पश्चिम में जाएँ, उतना ही आर्य अधिक सीधी-सादी पोशाक धारण करते हैं। उनके कपर्द हमारी तरह ऊनी होते हैं, पर वह अधिक मोटे होते हैं। उसका अर्थ रूखा-सूखा या अभद्र नहीं। भरतों और पुरुओं की भूमि में प्रति वर्ष हिमपात नहीं होता है, हाथ-दो-हाथ जमीन हिम से आच्छादित हो जाती है। कुरुओ की भूमि का तो नाम ही तुषारभूमि है। वहाँ चार-पाँच मास के लिए वृक्ष नंगे हो जाते हैं, धरती दूध-सी सफेद हिम की मोटी तह से ढंक जाती है। अधिक सर्दी के कारण ही वहाँ के आर्य नहाने-धोने में बहुत संकोच करते हैं। यहाँ के लोग तो यही समझते हैं, कि वहाँ पख्त कभी शरीर पर पानी नहीं पड़ने देते। उनके शरीर से दुर्गंध आती है।

–नहीं आर्य, आप क्या कह रहे है? हम ऐसा नहीं समझते।

–मधुरभाषी का अर्थ द्रोघवाच (झूठे) न समझें, आर्य!

रोहिदश्व ने दाँत की सफेद बत्तीसी दिखाते हँसकर कहा–हमारे प्राची के आर्य बड़े मधुरभाषी होते हैं। रोहिदश्व ने समझ लिया–तरुण को मेरे वचन से कुछ दुःख हुआ है, इसलिए उसने अधिक स्नेह दिखाने के लिए उसके कंधे पर हाथ रखकर कहा–

–नहीं सूनु, आर्य सदा और सर्वत्र अद्रोघवाच होते हैं। उनके लिए द्रोघवाच कहने से बढ़कर कटु वचन नहीं हो सकता। मेरा अर्थ था, प्राची के आर्य सुनृतवाक् होते हैं। वह वचन सच बोलते हैं और मीठी भी। पख्त चाहे जाड़ों में स्नान न करें, पर गर्मियों में खूब नहाते हैं। हाँ, हमसे पश्चिम के कुरुओं और दूसरे के बारे में यह बात नहीं कही जा सकती।

–आर्य, पख्त अश्वों की हम बड़ी प्रशंसा सुनते हैं। क्या कुरुओं और पृथुपशुओं के अश्व भी ऐसे ही होते हैं?

रोहिदश्व ने त्रसदस्यु का हाथ पकड़ कर उठते हुए कहा–चलो, मुँह से प्रशंसा करने की जगह हम तुम्हें कुरुओं के अश्व दिखलाएँ।

त्रसदस्यु और उससे भी बढ़कर दिवोदास के लिए इससे अधिक खुशी की कोई चीज नहीं हो सकती थी। वह शाला के बाहर निकल आये। जंगल की ओर कुछ दूर बढ़े थे, कि देखा कुछ पख्त मास के बड़े-बड़े टुकड़े काट रहे हैं। रोहिदश्व ने दोनों तरुणों की ओर मुँह करके कहा–अब तो मांसभिक्षा (घोड़े का मांस भोजन) है। हम इधर आ इसे नहीं पसन्द करते, क्योंकि अश्वों के खाने से उनके बेचने में अधिक लाभ है, पर यह लँगड़ा हो गया था। मध्याह्न भोजन तुम्हें भी यहीं करना होगा।

–आर्य की आज्ञा शिरोधार्य है।

रोहिदश्व उन्हें दूर जंगल के बीच एक घास के मैदान में चरते हुए घोड़ों के रेवड़ की ओर ले गया। आवाज देने पर एक विशालकाय लाल घोड़ा दौड़ता हुआ उसके पास आ गया। रोहिदश्व उसके सिर और पीठ पर हाथ फेरने लगा। अश्व स्वामी का सिर सूँघने लगा।

त्रसदस्यु ने पूछा–क्या यह कुरुओं का अश्व है?

–नहीं, यह कुरुओं का नहीं, यह हमारा पख्त अश्व है। इसका बाप जरूर कुरुअश्व था। वह दोनों तरुणों को लिए और नजदीक गया और कान के पास छोटे काले धब्बे वाले दो अश्वों को दिखला कर बतलाया यह है कुरु-अश्व।

उनमें एक विशालकाय होते कुछ स्थूल था, पर उतना नहीं जितना की पख्त अश्व और दूसरे का शरीर बहुत छरहरा था। दोनों तरुण मुग्ध हो, कितनी ही देर तक उनकी ओर देखते रहे। रोहिदश्व समझ गया, उन्हें ये घोड़े बहुत पसन्द आये। उसने कह दिया–ये दोनों अश्व तुम्हारे हैं। अपने पुत्रों के लिए मैं और दूसरा क्या उपहार दे सकता हूँ?

त्रसदस्यु ने नम्रता प्रकट करते हुए कहा–आर्य, आपका स्नेह ही हमारे लिए पर्याप्त है।

–तो इन्हें मेरे स्नेह का प्रतीक समझ लो। हमें बहुत बात बनाना नहीं आता, उसमें मेरे बच्चे, हम तुमसे नहीं जीत सकते। अब तुम दोनों निश्चय कर लो, कि कौन किसको पसन्द है। त्रसदस्यु को कृतज्ञता प्रकट करने के लिए कोई शब्द नहीं सूझा। उसने और देर करने में असमर्थता देख अपने साथी से कहा दिवो, तुम मेरे अनुज हो। तुम अपने लिए जो पसन्द करते हो, उसे ले लो।

दिवोदास जो पहले ही बारी-बारी से दोनों घोड़ों को देख रहा था, बोल उठा–मैं कनिष्ठ हूँ, इसलिए मैं यह छोटा लूँगा और ज्येष्ठ को ज्येष्ठ।

रोहिदश्व यह बात सुनते ही दिवोदास को गोद में उठा, उसके केशों का आघ्राण करने लगा–वत्स, तुम्हारी बुद्धि की मैं दाद देता हूँ। इस उमर में अश्व की इतनी परख! लगा बड़ा अचरज है।

दिवोदास ने कुछ लज्जा का अनुभव करते हुए कहा–नहीं, भैया को जो पसन्द हो, वही उनका।

त्रसदस्यु ने दिवोदास के सर पर हाथ फेरते हुए कहा–नहीं वत्स, तुमने बिल्कुल ठीक पसन्द किया है और इसमें स्वार्थ की कोई गन्ध नहीं है। मैं अब जवान हूँ। मेरे योग्य यह घोड़ा है।

रोहिदश्व अपने दोनों अतिथियों को लिए शाला में लौटा। कुछ देर तक पश्चिम के आर्य देशों की बात होती रही, जिसको सुनकर दिवोदास के मुँह में पानी भर आया। कभी पूछता–वह कितने दिनों के रास्ते पर है? कभी कहता–हमारे लिए वहाँ जाना संभव है?

रोहिदश्व ने उसको बतलाया–पश्चिम में जहाँ तक के बारे में मैंने सुना है, सभी जगह हमारे ही लोग बसते हैं। सभी हमारी तरह की भाषा बोलते हैं। थोड़ा अंतर

अवश्य है, लेकिन उसके कारण समझने में कठिनाई नहीं होती। सभी इन्द्र, वरुण, नासत्य (अश्विनीकुमारों) की उपासना करते हैं। सभी अतिथि-सेवी हैं। राहों की कठिनाइयाँ अवश्य हैं। जंगलों में हिंसक पशु भी मिलते हैं।

दिवोदास ने बेपरवाही से कहा—मार्ग की कठिनाइयाँ तो होती ही हैं और मैं समझता हूँ, कठिनाई न हो, तो उस यात्रा में मजा ही क्या?

भोजन का समय हो गया था। रोहिदश्व की पत्नी और पुत्री ने अतिथियों तथा घर के लोगों के सामने काष्ठ और ताम्र पात्रों में भोजन परोसा। घी में तले और कुछ आग में भूने मांसखंड, कुछ घृत-पक्व जौ के अपूप भी थे और चमड़े के चषकों के साथ सोमपान भी पास रखा था। रोहिदश्व-पुत्री ओजा बीच-बीच में सोम से चषक को भर देती थी। चौदह वर्ष की उस तरुणी में यौवन अभी तिरोहित था, पर उसके स्वथ्य सुन्दर मुख और शरीर को देखने के लिए त्रसदस्यु हठात् आकृष्ट हो जाता था।

भोजन समाप्त हुआ। तीन-चार घड़ियों के ही परिचय से अतिथि और गृहपति में काफी घनिष्ठ सम्बन्ध स्थापित हो गया। सबको अभिवादन करके विदाई ली। दोनों अश्व और दो दास उनके साथ चले। वह चिरपरिचित ही नहीं, बल्कि एक ही कुल के थे।

समन समाप्त होने को आया, जिसके कारण यह अश्व-समन कहा जाता था। उसका सबसे उत्कृष्ट परिदर्शन आज होने वाला था। आधे योजन के घेरे वाले मैदान के एक छोर पर अपार नर-नारियों की भीड़ थी। बीच-बीच में भी कहीं-कहीं लोग दिखाई पड़ते थे, जिनमें पणियों की संख्या अधिक थी। आज चुने हुए अश्वों की दौड़ होने वाली थी। पिछले बारह दिनों में हजारों की परीक्षा होकर बीस घोड़े चुन लिए गये थे। आज इन्हीं को दौड़ना था और पंचजनों में सर्वविजयी की विजय-घोषणा होने वाली थी। बीस घोड़े पाँती से जहाँ खड़े थे, वहीं भीड़ अधिक थी। घोड़ों के पास वर्ध्यश्व, पैजवन, पुरुकुत्स, पौरव तथा दूसरे आर्य राजा और सूरि खड़े थे। हरेक नर-नारी नजदीक से देखना चाहता था। जान पड़ता था, भीड़ मर्यादा तोड़कर समन-क्षेत्र में घुस आयेगी। पर ऐसा करना शिष्टाचार के विरुद्ध होता। इसलिए भीड़ का दबाव एक सीमा तक ही था। सभी बड़ी उत्सुकता से उस क्षण की प्रतीक्षा कर रहे थे, जब घोड़े छूटेंगे। यह समन के सबसे सुन्दर क्षण थे, जबकि वह अश्वों को उड़ते देखेंगे। उन्हें बतलाया

गया था, कि समन के अन्तिम घोड़े दौड़ते नहीं, उड़ते हैं, वह भूमि पर नहीं, वायु में चलते हैं। एक-एक करके प्रतीक्षा के क्षण भी समाप्त हो गये। वर्ध्यश्व के मुख से निश्चित संकेत-शब्द के निकलते ही गर्गरा (नगाड़े) पर लकड़ी

पड़ी और पाँती से खड़े बीसों घोड़े आगे की ओर कूदे। सभी लोगों की दृष्टि भी घोड़ों के पीछे-पीछे दौड़ रही थी।

करीब साठ हाथ अश्व आगे बढ़े होंगे कि बाईं बगल से दर्शकों की पंक्ति को चीरता 21वाँ अश्व उनमें सम्मिलित हो गया। एक क्षण तक वह सबसे आगे वाली पाँच घोड़ों की पंक्ति में रहा। फिर वह बाण की तरह आगे निकला और जितने ही क्षण बीतते गये, उतने ही हाथ वह दूसरों से आगे होता जा रहा था। सबको यही कौतूहल था, कि यह कौन घोड़ा है, इस पर कौन चढ़ा है! दूर जाने पर यह बतलाना मुश्किल था, पर जहाँ से पक्ति चीर कर वह भीतर घुसा था, वहाँ के लोगों ने साफ देखा, कि उस पर कोई लड़का सवार है। यह बात कानों-कान यद्यपि राजा और सूरियों तक पहुँच गई, पर कोई नहीं समझ सका, कि वह लड़का कौन हो सकता है।

यह अश्व-समन के नियम के विरुद्ध था। सभी अश्वों को एक स्थान से दौड़ शुरू करनी चाहिए और वही अश्व इसमें शामिल हो सकते थे, जो परीक्षा करके पहले से चुन लिये गये थे। किसी काम में भी नियम तोड़ने पर असफल अपराधी होता है, पर सफल का दोष क्षमा कर दिया जाता है। नियम उल्लंघन करने वाला अश्व एक बार जो आगे हुआ, तो फिर कोई उसके पास भी नहीं पहुँच सका। दौड़ का अन्त जितना समीप आता जाता था, उतना ही अश्व का वेग बढ़ता जाता था। सवार उसकी पीठ से चिपका हुआ था। उसका मुँह घोड़े के उड़ते हुए अयालों में छिप गया था। जान पड़ता था, अश्व का ही वह अभिन्न अंग है। छोर पर खड़े दर्शक उसको अपने नजदीक देख रहे थे। सीमा-रेखा के पास पहुँचते-पहुँचते अगले सवार नजदीक से देख रहे थे। सीमारेखा पहुँचते-पहुँचते पुरुकुत्स स्वयं घोड़े और अश्वारोही का स्वागत करने के लिए दौड़ा। घोड़े के खड़े होते ही सवार ने मुँह ऊपर कर दिया। पुरुकुत्स ने देखते ही कहा– 'दिवा?' उसके बाद उसने उसे गोद में उठा लिया। वर्ध्यश्व ने दिवोदास का नाम सुनते ही हर्ष-विह्वल हो उधर पैर बढ़ाया। लेकिन, दिवो की दृष्टि अपने अश्व की ओर थी। एक ही क्षण में घोड़ा खड़ा का खड़ा ही भूमि पर गिर गया। उसके मुँह और नाक

से रक्त की धार छूटी। दिवोदास हाथ छुड़ाकर 'हा दघ्रिका' कहते हुए घोड़े के मुँह पर गिर पड़ा और उसके अयालों और कानों से चिपक कर फूट-फूटकर रोने लगा– 'मेरे दघ्रिका, तुम मुझे मत छोड़ो। बारह दिनों में तुमने देख लिया, कि मैं तुमसे कितना प्रेम करता हूँ। हाय, यदि यह जानता कि विजय का परिणाम यह होगा, तो गुरुजनों की आज्ञा-भंग का अपराध करते तुम्हारी हत्या के महापाप को न करता।'

लोगों के देखते-देखते कुछ ही क्षणों में दघ्रिका का शरीर स्थिर हो गया। उसका सिर एक ओर लुढ़क गया। दिवोदास का धैर्य टूट गया। अब तक रोहिदश्व भीड़ चीर कर वहाँ पहुँच गया था, जहाँ दिवोदास अब भी दद्रिका को पकड़े बैठा था। उसने बलपूर्वक उसे उठाया, बार-बार क्षमा और सान्त्वना देते कहा पुत्र, अब शोक से कोई लाभ नहीं। दघ्रिका ने अपने कर्तव्य को पूरा किया। युद्ध में जैसे वीर वीरगति को प्राप्त होते हैं, वैसे ही सच्चे अश्व के लिए भी यह स्वाभाविक है। कुरुओं की भूमि में जन्म ले, इस अश्व ने अपनी जाति का नाम प्रसिद्ध किया। ऐसे अश्व के लिए आँसू बहाने की आवश्यकता नहीं। क्या युद्ध में निष्प्राण हुए वीर के लिए शोकाश्रु बहाया जाता है?

रोहिदश्व की जगह यदि कोई दूसरा ऐसे सान्त्वना-वाक्यों को कहता, तो दिवोदास पर उतना प्रभाव न पड़ता। पर, वह जानता था, कि कितने अनमोल रत्न को रोहिदश्व ने यो ही उसे अर्पित किया था। दघ्रिका उसके लिए कम प्रिय नहीं था, यह रोहिदश्व के मुख के देखने ही से मालूम हो जाता था। उसकी आँखें प्रयत्न करने पर भी छलछल हो आयी थी। आर्य अपने सम्बन्धियों से भी अधिक अपने अश्वों को प्यार करते थे।

दिवोदास ने फिर एक बार करुणा-भरी दृष्टि ने दघ्रिका को देखा। फिर बलात् गुरुजनों द्वारा वह वहाँ से हटने के लिए मजबूर हुआ। भारी भीड़ में बिजली की तरह यह खबर दौड़ गयी। इस साल के समन का विजेता कुरु-अश्व और उसका सवार दिवोदास है। दिवोदास वर्ध्यश्व का पुत्र-तृत्सुओं का भावी राजा था। पर, वह अभी बारह वर्ष का भी नहीं हो पाया था। बारह वर्ष के आर्य बालक या बालिका का घोड़ा दौड़ाना, कोई अचरज की बात नहीं थी। लेकिन सारे सप्तसिन्धु के चुने हुए घोड़े जहाँ भाग ले रहे हो, वहाँ बारह वर्ष के सवार की यह सफलता अविश्वसनीय थी।

धीरे-धीरे सारी बातों का पता लगा। बारह दिन पहले दिवोदास के पास कुरुओं का अश्व आया था। दोनों में उसी दिन इतना मेल हो गया, कि जान पड़ता था, दोनो

चिरपरिचित हैं। दिवोदास ने अपने प्रेम को शब्दों में प्रकट करते हुए अगले ही दिन उसका नाम दघ्रिका–पकड़ने पर दौड़ने वाला रख दिया। कभी उसको हरे तृण अपने हाथों से काटकर खिलाता, कभी हरे जौ को मँगवा कर उसके सामने रखता और दिन में दो-चार बार उसकी पीठ पर बैठकर थोड़ी दौड़ भी लगाता। उसके स्वभाव और गति से परिचित हो जाने पर, दिवोदास को स्मरण आया, दघ्रिका समन की दौड़ में भाग ले सकता है। पर, बारह बरस के लड़के को परीक्षा के लिए भी तो कोई दौड़ में शामिल नहीं होने देता। शायद पिता की ओर से विरोध न होता, लेकिन पौरवी अपने कोमल पुत्र को ऐसा कैसे करने देती? उसने सुना ही नहीं, देखा भी था, समन के घुड़सवार कभी-कभी गिरकर प्राणों से हाथ धोते। उसे कैसे विश्वास होता, कि दिवोदास एक सिद्धहस्त अश्वारोही है। सवार भी कभी घोड़े के साथ ही धराशायी हो जाते, जिसका अर्थ दोनों का प्राण खोना था। दिवोदास ने अपनी बालबुद्धि से सब तरह से विचार कर देख लिया, कि मुझे समन के क्षेत्र में किसी भी दिन सम्मिलित होने का मौका नहीं दिया जायेगा। लेकिन, उधर धीरे-धीरे उसे विश्वास होने लगा कि दघ्रिका दूसरों से पीछे नहीं रहेगा। (उत्तर) कुरुओं के नाम का भी उसके मन पर बहुत प्रभाव पड़ा था। अन्त में उसने यही निश्चय किया, कि किसी को बिना खबर दिये ही मुझे दौड़ में शामिल होना है। उसने इसका पता अपने अत्यन्त स्नेहभाजन त्रसदस्यु को भी नहीं होने दिया। दघ्रिका से जरूर वह बातें करता था। उसे विश्वास था, कि वह रहस्य का उद्घाटन नहीं करेगा। उस दिन पिता और माता ने अपने साथ चलने का बहुत आग्रह किया था और एक बार तो दिवोदास को मालूम होने लगा, कि शायद मैं अपने संकल्प को पूरा नहीं कर सकूँगा। पिता-माता के साथ जाने पर, वह दर्शकों की पाँती चीर कर दौड़ में कैसे शामिल हो सकता था?

दिवोदास को अपनी इस प्रथम महान् सफलता के लिए प्रसन्नता न हो, यह कैसे हो सकता है? पर, दघ्रिका की हानि को वह जीवन भर नहीं भूल सका। इसी कारण वह अपने हरेक प्रिय अश्व का नाम दघ्रिका रखता रहा। सप्तसिन्धु में वध्र्यश्व की वीरता और दूसरे गुणों पर लोग मुग्ध थे। पर, एक ही क्षण में और इतनी कम उम्र में पुत्र पिता से भी आगे बढ़ गया। यदि वध्र्यश्व का नाम पहले से प्रसिद्ध नहीं होता, तो शायद लोग दिवोदास-पिता कहकर वध्र्यश्व का परिचय दिया करते।

उस दिन शोकाभिभूत दिवोदास के पास आते ही पौरवी ने उसे गोद में चिपका कर छाती से लगा, आँख से अश्रु बहाते उसके एक-एक अंग को टटोलने लगी। दिवोदास समझ गया, मेरे अंग में कहीं चोट ढूँढ़ रही है। उसने कहा–

–नना, मुझे कहीं चोट नहीं आई। दध्रिका मुझे चोट नहीं दे सकता था। जब तक विजय के बाद मैं उसकी पीठ से उतर नहीं गया, तब तक उसने अपनी मृत्यु को रोके रखा।

भरद्वाज-कुल

[1204 ई० पू०]

'स्वादिष्टया मदिष्टया पवस्व सोम धारया' (ऋक्० ९।१।१)

सात सिन्धुओं में सरस्वती को छोड़ बाकी सभी से विपाश (व्यास) छोटी है। पर वह भी अपनी पाँच बहिनों की तरह हिमालय की हिमानियों से निकलती सदानीरा नदी है। छोटी होने पर भी उसकी महिमा छोटी नहीं है। आर्जिकीया उसका दूसरा नाम है। आर्जिकीया अपने सोम (भाँग) के लिए बहुत प्रसिद्ध थी। पस्त्य, शर्यणावत में पैदा होने वाले सोम से वह किसी तरह कम मदिष्ट नहीं होता था। सप्तसिंधु का हरेक भाग जंगलों से भरा था, जिनमें सिंह, व्याघ्र आदि श्वापद रहते थे। पर मनुष्य अपने को छोड़कर किसी का अधिकार पृथ्वी पर नहीं मानता, इसमें शक नहीं। उस समय सप्तसिन्धु भारत के और भागों से अधिक आबादी रखता था। दस्युओं (पणियों और किलातों) की संख्या आर्यों से अधिक थी। पर और प्राणियों की उपेक्षा करके आर्य केवल अपने को सप्तसिन्धु भूमि का स्वामी मानते थे। वृद्ध ऋषियों ने सप्तसिन्धु में जगह-जगह अपने गोत्र (आश्रम या कुल) स्थापित कर लिये थे, जिनका उपयोग केवल उनके वंशवालों तक ही सीमित नहीं था, बल्कि यहीं आर्यों के वीर और विद्वान् तैयार किये जाते थे। आदिम आयु में ब्रह्मचर्य और सारी आयु में तप एवं दान आर्य ऋषि अपना कर्तव्य मानते थे। ब्रह्मचर्य का मतलब केवल इन्द्रिय-निग्रह नहीं, बल्कि ब्रह्म-वेद या ज्ञान के अर्जन के करने के लिए श्रम करना था। विपाश जहाँ शतद्रु (शतलुज) से मिलती है, उससे कुछ कोस ऊपर नदी के दाहिने तट पर भरद्वाज का कुल रहता था। विपाश पुरुओं के जनों, भरत, तृत्सु और संजय की सीमा पर थी। जहाँ

यह गोत्र था, निरभ्र स्वच्छ आकाश रहने पर वहाँ से हिमवन्त के श्वेत शिखर दिखाई पड़ते थे। गोत्र स्वावलम्बी था। भरद्वाज ऋषि के लोग हजारों अश्वों और उनसे भी अधिक सुन्दर गायों को भी लूट ले जाया करते थे। पर भरद्वाज का सम्मान आर्य जनों में था। सप्तसिन्धु के दूसरे भागों में रहने वाले पार्थवों के सम्राट् तनु-पुत्र अभ्यावर्ती चायमान ने वधुओं (दासियों) सहित दो रथ और बीस गायें भरद्वाज को प्रदान की थीं। भरद्वाज ने विपाश के पूर्व में रहने वाले आर्य जन के राजा सृंजय-पुत्र महीराध से यज्ञ कराया था। नाना जन और उनके सूरि भरद्वाज पर श्रद्धा रखते थे।

यद्यपि भरद्वाज से पहले भी आर्यों में ऋषि हुए थे। बल्कि कहना चाहिए, देवताओं को देखने वाले ऋषियों के बिना आर्यों का कभी गुजारा नहीं हो सकता था। पर, पूर्व ऋषियों में बहुत थोड़ों का नाम लोगों को याद रहा और उनके काम के बारे में तो और भी अज्ञान छाया हुआ था। इस दृष्टि से भरद्वाज को आदिम ऋषि कहा जा सकता है।

वध्र्यश्व पुरुओं की शाखा भरतों के एक गुमनाम से जन तृत्सुओं में पैदा होकर सारे आर्यजनों में सबसे प्रभावशाली पुरुष माना जाने लगा। ऐसा संयोग कम ही होता है, जब कि योग्य पिता का पुत्र भी योग्य हो। पर, वध्र्यश्व के पुत्र दिवोदास ने 12 वर्ष की आयु में अश्व-समन जीतकर सारे सप्तसिन्धु में प्रसिद्धि प्राप्त कर ली थी। वध्र्यश्व को तब से और भी अधिक ख्याल होने लगा, कि उसकी शिक्षा-दीक्षा योग्यतम ऋषि के हाथों हो। उसी वक्त उसका ध्यान अंगिरा-गोत्री वृहस्पति-पुत्र भरद्वाज की ओर गया। उसको यही अफसोस था, कि दिवोदास को पाँच-सात वर्ष पहले ही ऋषि के पास नहीं भेजा जा सका और देर करना उचित न समझकर अश्व-समन के बाद की वर्षा के समाप्त होते ही वध्र्यश्व ने अपने पुत्र को ले भरद्वाज के पास प्रस्थान किया। उसके साथ कितने ही सूरि और दूसरे आर्य योद्धा थे। साथ ही सैकड़ों गायें, वृषभ, अश्व, अश्वतर (खच्चर) भी। कुछ उनमें पाथेय के लिए थे और कुछ ऋषि को प्रदान करने के लिए। चरने के स्थान में बीच-बीच में ठहरते दो सप्ताह बाद वह भरद्वाज की गोचर भूमि में प्रविष्ट हुए। वध्र्यश्व के दूत ने पहले ही से ऋषि को सूचना दे दी थी।

वर्षा का डर दूर हो गया था, इसलिए भरद्वाजों के दम (घर) विपाश की धारा के नजदीक तक बने हुए थे। वही आसपास खेतों में जौ बोये हुए थे। जौ अभी पाँच अंगुल से अधिक नहीं थे। यह उनकी सिचाई का समय था। ऋषि अपने शिष्यों तथा अनुचरों

के साथ उसी में लगे हुए थे। विपाश की एक कुल्या (नहर) ने उनके काम को आसान कर दिया था। वध्र्यश्व अपने आधे दर्जन सूरियों के साथ घोड़े पर सवार हो, भरद्वाज के पास पहुँचा। वह कुल्या के ऊपर बैठे कृषिकर्म का निरीक्षण कर रहे थे। दोनों एक-दूसरे से पहले ही परिचय रखते थे। यद्यपि भारद्वाज और वध्र्यश्व की आयु में आठ-दस वर्ष से अधिक का अंतर नहीं था, पर अपने गुणों और महिमा के कारण जान पड़ता था, भरद्वाज, वध्र्यश्व के पिता की आयु के हैं। ऋषि के पास आकर वध्र्यश्व और उनके सारे साथी घोड़ों से उतर गये। उन्हें नमस्कार किया। ऋषि ने अतिथि को अधिक पूज्य समझकर उनके लिए उपयुक्त आसन और दूसरी बातों से स्वागत किया। यहाँ लम्बी बातचीत करने का अवसर नहीं था। वध्र्यश्व ने यह निवेदन कर दिया, कि दिवोदास आपका अन्तेवासी होने के लिए आया है। ऋषि ने बड़ी खुशी से स्वीकृति दी और बतलाया, दिवोदास इन्द्र का परम कृपापात्र है। इन्द्र उससे बड़े काम कराना चाहते हैं।

सारी मण्डली ऋषि के ग्राम की ओर गई, जो वहाँ से दिखाई पड़ रहा था। ग्रामों के घर सभी फूस की झोपड़ियों के थे, जो लकड़ी पर खड़ी की गई थी। यद्यपि उनको चिरस्थायी रूप में नहीं बनाया गया था, पर वह इतनी दृढ़ थीं कि माघ-पूस की वर्षा को बर्दाश्त कर सकती थीं। उनके बनाने में कला और सौंदर्य की उपेक्षा नहीं की गई थी। सैकड़ों वृषभ-चर्म वहाँ बिछे हुए थे, जिनमें से कुछ ताजे थे। अतिथि कहकर भरद्वाज ने वध्र्यश्व को कुछ ऊँचा आसन देना चाहा, पर भरतों का राजा इसके लिए तैयार नहीं था। ऋषि विद्या और वय दोनों में उससे वृद्ध थे। वध्र्यश्व की आयु पचास के करीब होगी और ऋषि 55-56 के। राजा का शरीर भरा हुआ था, जबकि ऋषि का शरीर इस आयु में भी छरहरा था। यदि उनके मुख पर भी चुनहली दाढ़ी के कुछ सफेद बालों ने सहायता न की होती, तो भरद्वाज आयु में छोटे ही मालूम होते। कुशल प्रश्न और शिष्टाचार की बाते होती रहीं। इसी बीच अतिथि के लिए मधुपर्क तैयार हो गया। चमुओं (घड़ों) में क्षीर-मघु-मिश्रित सोमरस और वत्सरी का भुना मांस लाया गया। पलाश के पत्तलों, दोनो या लकडी के चषकों में सामने रखकर मधुपर्क परोसा जाने लगा। ऋषि ने अपने हाथ से वध्र्यश्व और दिवोदास के सामने भोजन रखा। इन्द्र की स्तुति की गई। सोम की स्तुति करते भरद्वाज ने कहा–"सोम अत्यन्त स्वादु और अत्यन्त महान् धारा के साथ तुम हमे पवित्र करो। हमारे शरीर पत्थर-जैसे हों।"

(अश्मां भवतु नस्तूनः -ऋक् ६।७५।१२)। सोम के लेते ही सारा समाज मुखरित हो उठा। सोमपान आनन्द का सबसे बड़ा साधन माना जाता था। उसके नशे से जब आँखें आरक्त होने लगीं, तो बन्धन और भी ढ़ीले हो गये। आर्य नर-नारी, हास-परिहास करते चषक (प्याले) पर चषक उड़ेल रहे थे। ऋषि भी उनके साथ थे। पर उनके मुँह से निकली वाणी असाधारण और गम्भीर थी। सायंकाल से आरम्भ हुई मधुपर्क-विधि आधी रात के बाद तक चलती रही। नृत्य और गान तो उसका एक अभिन्न अंग था।

भरद्वाज के पास उपनीत हो, दिवोदास आर्यों की पीढ़ियों से अर्जित विद्या सीखने लगा। वह मानो उसी के लिए पैदा हुआ था। इसलिए घुड़दौड़ जीतने वाला बालक हर बात में अपने सहपाठियों से आगे रहता था। श्यालपुत्र भुज्यु, तौग्य, कुत्स, आनुनेय, पुरुकुत्स, कुरुबिंद से उसका अनन्य स्नेह यहीं स्थापित हुआ, जो जीवन भर अक्षुण्ण रहा। उसके साथी ऋषिकुल में कई सालों पहले आये थे। पर उन्हें नवागत दिवो के साथ कुछ ही समय में आत्मीयता स्थापित करने में आनन्द आने लगा। प्रातःकालीन अग्नि-परिचरण के बाद ऋषि अपनी और पूर्वज ऋषियों की ऋचाएँ पढ़ाते। गुरु के मुख से निकली वाणी को शिष्य दो-दो बार दोहराते। पूर्वज ऋषियों की भी वाणी कम नहीं थी। पीछे सबका संग्रह नहीं किया गया, इसलिए अधिकांश लुप्त हो गई। उन्हीं वाणियों में से किसी अज्ञात ऋषि का बनाया पुरुरवा और उर्वशी संवाद है। ऋषि के साथ-साथ दोहराते-दोहराते ऋचाएँ (पद्य) शिष्यों को याद हो जाती। दिवोदास याद करने में तेज था, घोडे की सवारी में दिवोदास को कोई बात सीखनी नहीं थी, धनुष-बाण चलाने में भी वह सर्वोत्कृष्ट लक्ष्यवेधी था, तो भी अकेला व्यक्ति धनुष-बाण, असिचर्म (तलवार-ढाल), परशु, वज्र तथा घुड़सवारी में निष्णात होकर भी बहुसंख्या में शत्रुओं पर विजयी नहीं हो सकता। योद्धा के अतिरिक्त कुशल सेनानी होने की विद्या सीखनी थी। पहिले देखादेखी बातें दिवो ने सीखी थीं। अब गुरुमुख से विधिपूर्वक उसे सारी विद्याओं को सीखना था। दिवो की मेधा और तत्परता को देखकर ऋषि को बड़ी प्रसन्नता होती। वह भविष्य के बारे में बराबर सोचते रहते। 15-16 की संधि में पहुँच कर दिवो का शरीर 24-25 वर्ष के सुपुष्ट आर्य तरुण-जैसा मालूम होता था। ऋषि के प्रमुख शिष्य भुज्यु, कुत्स आदि उसे अपना स्वाभाविक नेता मानते। यद्यपि दिवोदास उन्हें सगा भाई और समान मित्र के तौर पर ही स्वीकार करता था।

विद्या और शस्त्र-शिक्षा के अभ्यास के साथ ऋषि के शिष्यों को मन-बहलाव के बहुत साधन प्राप्य थे। सोमपान, सामगान और नृत्य तो रोज के विनोद की बातें थीं। अश्वों और गायों के चारण, दुग्धदोहन तथा कृषिकार्य में भी दिवोदास और उसके साथी सहकारी होते थे। आखेट भी उनके मनोविनोद का एक साधन था। उसके द्वारा वह युद्ध के दाँव-पेंच का व्यावहारिक अभ्यास करते थे।

भुज्यु, कुत्स और दूसरे सहपाठियों के साथ दिवो एक बार उत्तर की ओर बढ़ते-बढ़ते बस्तियों से बहुत दूर घोर जंगल में पहुँच गया। वहाँ पणियों का एक विशाल गोष्ठ था। पणि ज्येष्ठ ने आर्य सूरियों का बड़ा सम्मान-स्वागत किया। यह विधि चल रही थी, इसी बीच एक दास दौड़ा-दौड़ा, पणि-ग्रामणी के पास पहुँचकर बोला, सिंह ने हमारे रोहित वृषभ (साँड़) को मार डाला। वह वृषभ ग्रामणी को बहुत प्रिय था। सिंह, गायों और वृषभों को मौका पाकर कभी-कभी मार डालते थे। गृहपति को अफसोस करते देखकर दिवोदास ने कहा–हम उसको मारकर बदला लेंगे। पणि-ग्रामणी ने उन्हें बहुत कहा–यह सिंह बड़ा ही खतरनाक है। पहले तो आँखों के सामने नहीं आता और यदि कभी मिल जाता है, तो उसका वार खाली नहीं जाता।

आर्य सूरियों के लिए यह खुली ललकार थी। ग्रामणी के मधुपर्क की समाप्ति के बाद ही, वह अपने घोड़ों पर सवार हो, उस स्थान की ओर चल पड़े, जहाँ जगल में वृषभ मरा पड़ा था। सिह लुप्त हो चुका था, लेकिन अपने शिकार को खाने के लिए वह जरूर आयेगा, इसका उन्हें निश्चय था। जिस जगह वृषभ मारा गया था, वह एक छोटे से नाले के सिरे पर थी। नाला विपाश की ओर जाता और गहरा होता गया था। उसके ऊपर खड़े जामुन और दूसरे वृक्ष इतने घने थे कि दिन को भी अँधेरा मालूम होता था। सिंह कहीं छुपा था। साथी की सलाह मानकर सभी पास के पेड़ों में छिप गये। घने पत्तों में सिह उन्हें देख नहीं सकता था। पर, डर था कि उसे आदमियों की गंध न मालूम हो जाय। दिन अभी दो घंटे से अधिक बाकी था। इतने समय को चुपचाप काटना तरुणों के लिए बहुत कठिन था। वह आपस में संकेत से ही कुछ कह सकते थे, अधिकतर उनकी आँखें पत्तों की आड़ से सामने जाते खोहे की ओर लगी थीं। वर्ष के सबसे छोटे दिनों का यह समय था, इसलिए सर्दी बढ़ती जा रही थी। सूर्य की सफेद किरणें पीली पड़ गई, फिर लाल हो चलीं। सूर्य का गोला क्षितिज पर उनकी पीठ

की ओर था। धीरे-धीरे दिन और रात की संधि आ गई। तिमिर काले बादल की तरह चारों तरफ फैलने लगा। तरुणों को एक बात की आशंका हो रही थी। बड़ी रात तक के लिए चाँदनी की संभावना नहीं थी। ज्यादा अँधेरा होने पर वह सिंह को कैसे देख सकेंगे? पर, आशंका निर्मूल साबित हुई। अभी अँधेरी झुटपुटा था, कि नाले के सिरे की ओर से कोई चीज बहुत धीरे-धीरे आगे को सरकती दीख पड़ी। उसका सरकना इतना आहिस्ते-आहिस्ते था, कि बहुत ध्यान देने पर ही उसे जाना जा सकता था। पर, यह मालूम होते देर नहीं लगी की, सिंह अपने शिकार की ओर आ रहा है। वह बीच-बीच में ठमककर चारों ओर आँखें फैलाकर देख लेता। पत्तों की आड़ से एक दर्जन आँखें झाँक रही थीं, सन्देह होने लगता, कि किसी को उसने जरूर देख लिया है। पर, वह अब जमीन से मुँह सटाये, बारी-बारी से एक-एक पैर को सरकाता आगे बढ़ता, तो सन्देह दूर हो जाता। मानो युगों बाद वह शिकार के पास पहुँचा। शरीर से मांस के बड़े-बड़े खंड काटकर खाने लगा। पर अब भी वह सशंक था। दिवोदास और उसके साथी निशाना साधने की सोच रहे थे। इसी समय कहीं सूखा पत्ता खड़खड़ाया और सिंह पीछे की ओर लपका। जान पड़ता था, दोनों क्रिया एक ही क्षण में हुई। दिवोदास ने अपने बाण को साधकर सिंह के पंजर में मारा और परिणाम की प्रतीक्षा किये बिना उसी क्षण ललकारते हुए, वह पेड़ से नीचे कूद पड़ा। सिंह घायल था, पर मनुष्य की ललकार को वह कैसे बरदाश्त् कर सकता था, वह लौट पड़ा। दिवोदास इसके लिए तैयार था। उसके बायें हाथ में लम्बा चर्म (ढाल) और दाहिने में असि थी। सिंह छलाँग मारकर झपटा। दिवोदास तुरन्त अपने स्थान से दाहिने कूदा और उसके साथ ही उसने सिंह की गर्दन पर बड़े जोर से प्रहार किया। उसकी नज़र सिंह की आँखों की ओर थी। उसे मालूम था, कि उसका शत्रु इस स्थान पर झपट्टा मारेगा। दोनों घाव गहरे थे, तो भी उनकी परवाह न कर सिंह कूदा। दिवोदास को उसने अपनी गर्दन की बाई ओर प्रहार करने का अवसर दिया। अब तक दूसरे साथी भी कूदकर सिंह के पास आ गये। दिवोदास के मना करने पर भी, उन्होंने अपने अपने कुत्तों से सिंह का काम समाप्त कर दिया। इसमें शक ही नहीं, कि दिवोदास सिंह के लिए अकेला पर्याप्त था। उसका मन बिल्कुल स्थिर था, जान पड़ता था, अखाड़े में अभ्यास करते दाँव-पेंच चला रहा है। मरा सिंह उनके लिए बहुत बड़ा उपहार था, उसे यहाँ छोड़ जाना कैसे

पसन्द करते? उसके दम तोड़ते देर नहीं हुई और सबने अपने-अपने त्सरुओं (मियानों) से ऋष्टियाँ (छर्रे) निकाल लीं। चमड़ा निकालने का अभ्यास था। कितने ही वृषभों, वत्सतरियों और जंगली हरिनों के चमड़े उन्होंने अपने हाथ से निकाले थे और इतनी सफाई के साथ कि उपयोगिता में जरा भी क्षति न होने पाये। चमड़ा उनके आसन और वस्त्र का काम देता। सिंह-चर्म तो बहुत महार्घ समझा जाता था। सिह शरीर में असाधारण विशाल था, जो और भी आकर्षण की बात थी। सिर धड़ से जरा-सा ही लगा था, इसलिए उसके गीले चमड़े को अलग कर लिया गया। मांस और हड्डी को अलग कर देने पर भी उसका भार बहुत था। दिवोदास ने आग्रहपूर्वक सिर को अपने घोडे पर लाद कर शव ग्रामणी के आदमियों को सुपुर्द कर दिया। अब वे अपने-अपने घोड़ों पर चढ़े।

याम या रात जाते-जाते वह पणिग्राम में पहुँचे। यह वास्तविक ग्राम था, झोंपड़ों का समूह नहीं। ग्रामणी का मकान पक्की ईटों का तीन मंजिला था। दूसरों के घरों में कुछ ईटों की और कुछ मिट्टी की दीवारें थीं। छतें कड़ियों पर बिछी लकड़ियों और मिट्टी से पाट कर बनाई गई थी। आर्य प्रभुओं की ओर से निषेध था, तो भी ग्राम की प्रतिरक्षा का कुछ प्रबंध मकानों को सटाकर बना के किया गया था। ग्राम के प्रधान दरवाजे भी थे। आरक्षा के इन साधनों के द्वारा सामान्य लुटेरों को ही रोका जा सकता था, आर्यों के लिए वह तिनके के बराबर थे।

ग्रामणी को आशंका हो रही थी, कि आर्य तरुणों के ऊपर कोई आफ़त आयी। यह उसके लिए डर की बात थी। कहीं यह न समझा जाये, कि इसमें उसका भी हाथ है। सबसे भय की बात यह थी, कि इनमें भरतों का भावी राजा तथा सप्तसिन्धु के महावीर वर्ध्यश्व का पुत्र भी था। वह निराश होकर अपने आदमियों को भेजना ही चाहता था, कि ग्राम के कुत्ते एक साथ भूकने लगे। आवाज से मालूम हो रहा था, कि वह ग्राम के उत्तरी छोर पर जमा हुए हैं। ग्रामणी अपने लोगों के साथ वहाँ पहुँचा जब तक, आर्य सूरि भी आ पहुँचे थे, जिनके साथ सिंह का मुख भी था। यात्रा की सफलता के बारे में बहुत कहने की आवश्यकता नहीं थी और छहो आर्य तरुण अक्षत शरीर थे। ग्रामणी ने हर्ष प्रकट करते हुए देवताओं को धन्यवाद दिया।

पणियों को आर्यों की वीरता और युद्ध-कौशल के बारे में बतलाने की आवश्यकता नहीं थी। दिवोदास की सफलता को देखकर उनका आश्चर्य और बढ़

गया। रात्रि में ग्रामणी ने अपनी सबसे अच्छी सुरा सामने रक्खी, लेकिन आर्य तरुणों को अपनी सफलता के लिए इन्द्र के प्रति कृतज्ञता प्रकट करनी थी, जिसके लिए सोम और वृषभ मांस ही सबसे उपयुक्त साधन थे। सिंह के मारे वृषभ को हवि बना उस रात उन्होंने इन्द्र को सोमपान प्रदान किया।

ऋषियों के सामने यद्यपि अत्यन्त विनम्रता दिखलाते दिवोदास ने बहुत नहीं कहा था, पर उसके साथियों ने दिवोदास के अतिमानुष पराक्रम को बिना अतिशयोक्ति के बतलाया। अश्व-समन का विजेता कठिन संकट के समय भी बिना विचलित हुए, अपनी बुद्धि और पौरुष का उपयोग कर सकता है। भुज्यु और कुत्स अपने मित्र की सफलता को अपनी ही समझते थे, इसलिए उन्होंने कई बार भरद्वाज कुल के नर-नारियों के सामने सिंह-युद्ध का सजीव वर्णन किया।

भरद्वाज ऋषि अपने शिष्यों में आर्य-पूर्वजों के पराक्रम को बैठाना चाहते थे। उनके मेधावी शिष्य भी जिज्ञासा करने से बाज नहीं आते थे। एक बार कुत्स आर्युनेय ने पूछा, आर्यों की उत्पत्ति कैसे हुई? ऋषि ने कहा आर्यों की उत्पत्ति इन्द्र से हुई। इन्द्र के सबसे प्रिय पुत्र आर्य हैं, क्योंकि वह उनके अनन्य भक्त हैं। इन्द्र ने ही पणियों, किलातों और निषादों को भी पैदा किया। पर वह कृतघ्न हैं, इन्द्र से द्वेष करते हैं। इसलिए इन्द्र उनको पसन्द नहीं करते।

हमारे केश सुनहले, हमारी आँखे नीली या सुनहली हैं। कद भी हमारा अधिक लम्बा है, इन्द्र की ही कृपा से है, यह तो हम समझते हैं।

–पर, दूसरों के वर्ण भिन्न क्यों हैं? अब के भुज्यु ने पूछा।

–यह भी इन्द्र ही का काम है। उन्होंने पणियों को मदगुरछवि (मांगुर के रंग का) बनाया, निषादों को कोयले की तरह काला और किलातों को अनास (चिपटी नाकवाला) तथा श्मश्रुविहीन। इन्द्र की यह इच्छा थी, कि वर्ण द्वारा अपने भक्तों और अभक्तों को पृथक् कर दिया जाये।

–क्या एक ही देश और काल में इन्द्र ने चारों जातियों को बनाया?

–इसके बारे में कुछ कहना कठिन है, ऋषि ने कहा। पर, आर्य सप्तसिन्धु में पश्चिम की ओर से फैलते आये। देखते हो निषाद और किलात सबसे निम्न श्रेणी के मनुष्य हैं। उन्हें मनु की संतान न होने के कारण मनुष्य कहना भी नहीं चाहिए। ये दोनों जातियाँ

जंगलो या पहाड़ों में रहती हैं। शिकार उनकी जीविका का प्रधान साधन है। अब भी उन्हे पाषाण-अस्त्रों का ही अधिक सहारा है।

–पर पणि तो वैसे नहीं हैं। दिवोदास ने कहा।

–पणि वस्तुतः हमसे किसी काम में कम नहीं हैं। पर, वह इन्द्र के भक्त नहीं हैं, इसीलिए इन्द्र ने उनकी भूमि आर्यों को प्रदान की।

–तो आर्यों के आने से पहले यहाँ इन्द्र का यजन नहीं होता था?

–इसीलिए तो इन्द्र ने पाँचों जनों को बुलाया। पणियों के साथ बड़े-बड़े संघर्ष हुए। सौभाग्य से आर्यों को मनु-जैसा सेनानी मिला था। पर पणियों का सेनानी विषशिप्र भी कम नहीं था। कृष्णत्वचा पराजित नहीं हो पाते, यदि इन्द्र स्वयं युद्ध में नहीं आते। पणियों के बड़े-बड़े स्थायी पुर थे। उनके पास ताँबे के तीक्ष्ण हथियार थे। यद्यपि हमारी तरह उनमें बड़े योद्धा नहीं थे, पर उनके योद्धाओं की संख्या कम नहीं थी।

–इतना होने पर भी वह पराजित हुए? –दिवोदास ने पूछा।

–सबसे बड़ी बात यह थी, कि इन्द्र हमारे साथ थे। उन्हीं की कृपा से हमें अश्व मिले थे, जिनका पणियों के पास अभाव था। फिर हमारा हरेक युवा और प्रौढ़ वीर योद्धा था। आर्यों को मनु-जैसा नेता मिला था।

–और साथ ही पणि अपनी सुखपूर्ण नगरी में बसकर आलसी और युद्धद्वेषी हो गये, यह भी कहना चाहिए। –कुत्स ने कहा।

–हाँ, यह भी एक बड़ा कारण उनके विनाश का हुआ, इसीलिए सुख-समृद्धि सम्पन्न पणि नगरों को जीतकर भी हम उनमें नहीं रहते। हमें पौरुष का जीवन पसन्द है। अपने गो-अश्वों, अज-अवियों को चारण करते खुली कछारों, खुले जंगलों में हम रहते हैं। यहाँ हमारे शस्त्र भोथिल नहीं होते, हमारे पुरुष आराम-पसन्द नहीं हो सकते, हमारी स्त्रियाँ परिश्रम से विमुख नहीं होतीं। इसीलिए हम पणियों के संसर्ग से दूर रहे। आलस्य और आराम का जीवन छूत की बीमारी है।

–संसर्ग से और भी हानियाँ है?

–संसर्ग से बचने का पूरा प्रयत्न करने पर भी हम निर्लेप नहीं रह सकते, यह तो तुम्हें मालूम ही है। आर्य नारियों की इस विषय में प्रशंसा करनी चाहिए। पर, आर्य पुरुषों के बारे में वही नहीं कहा जा सकता। उन्हीं के दोष के कारण अनार्यों में

आर्य-वर्ण के आदमी देखे जाते हैं। पहिले पूरी तौर से कड़ाई नहीं बरती गयी। समझते थे, अनार्य स्त्री से हुई आर्य सन्तान आखिर अनार्य होकर उन्हीं में रहेगी। इसलिए उससे हमारी क्या हानि? पर यह विचार गलत है। एक जन में जन्मा ऐसा पुरुष दूसरे आर्य जन में जाकर अपने वर्ण को दिखाकर आर्य होने का दावा कर सकता है। ऐसा होते देखा गया है। इसीलिए आर्य स्त्री-पुरुष का अनार्य स्त्री-पुरुष से सम्पर्क किसी प्रकार भी सह्य नहीं होना चाहिए।

–लेकिन, अनार्य दास-दासियों के बिना हमारा काम भी तो नहीं चल सकता? भुज्यु ने कहा।

–यही तो हमारी निर्बलता है। इसी से तो भविष्य में खतरा है, लेकिन आशा रखनी चाहिए, इन्द्र अपने भक्तों की शुद्धता, वीरता की रक्षा करेंगे। उन्होंने समय-समय पर हमारी रक्षा भी की है। पुरुरवा ऐल के समय पणियों ने सिर उठाना चाहा। पर इन्द्र की सहायता से वह उन्हें दबाने में सफल हुआ। उसके पुत्र नहुष ने बड़ा पराक्रम दिखाया, जिसके कारण ही मनुष्यों को नाहुषी प्रजा कहते हैं। नहुष-पुत्र ययाति और दस्युहन्ता मान्धाता अपनी वीरता और इन्द्र-भक्ति के लिए आज भी प्रसिद्ध हैं।

–इसीलिए आर्यों को निराश होने की जरूरत नहीं, जिनका नेतृत्व करने के लिए आज भी इन्द्र पहिले ही की तरह प्रस्तुत हैं! –दिवोदास ने सन्तोष प्रकट करते हुए कहा।

इन्द्र आर्यों को अपनी भक्ति से विमुख होते नहीं देख सकते। इसके लिए वह दंड देते हैं। दिवोदास के ऋषिकुल-वास के अन्तिम समय इन्द्र ने ऐसा ही किया। ग्रीष्म के आरम्भ का समय था। सूर्य का आतप कठोर हो चला था। भारद्वाज-ग्राम के पास के खेत कट चुके थे और जौ के डंठलों को भी पशु खा चुके थे। मध्याह्न की धूप में तपते, वह भयावने लगते थे। पर उनसे थोड़ा ही आगे जंगलों में ग्रीष्म का प्रभाव कम दीख पड़ता था। पलाश के हरे-हरे नये पत्ते देखने में बड़े सुन्दर मालूम होते थे। अश्वत्थ, वट जैसे विशाल और छायादार वृक्ष गर्मी को कम करने में सहायता करते थे। दोपहर के समय पशु चरकर बड़े वृक्षों की छाया में बैठे जुगाली कर रहे थे। गोपाल भी उनके पास निश्चिन्त लेटे पड़े थे। श्वापदों का रात के वक्त भी यहाँ डर नहीं था, दिन की तो बात ही क्या।

इसी समय ग्राम की ओर से कोलाहल सुनाई दिया। दिवोदास अपने मित्रों के साथ अरण्य के आरम्भ में एक आम्रवृक्ष के नीचे बैठा था। आम में आँवले भर के हरे-हरे फल पत्तों से भी अधिक और अधिकतर गुच्छे (घवद) के रूप में थे। यही चर्चा चल रही थी, कि अब के साल हमारे जंगलों में आम के फल को कोई नहीं पूछेगा। मनुष्य ने अभी फलों के आकार और मिठास को बढ़ाने का काम अपने हाथ में नहीं लिया था। इसलिए प्रकृति ने जिसको मीठा बनाया, वही मीठा था।

कोलाहल सुनकर उनका ध्यान गाँव की ओर गया। फिर लोगों को नदी की ओर देखते, उनकी भी नज़र उधर गयी। आर्जिकीया की धार सवेरे से दूनी चौड़ी थी। निचले गोष्ठों के घेरे में पानी पहुँच चुका था। दिवोदास अपने साथियों को लिए ग्राम की ओर दौड़ पड़ा। वहाँ पहुँचते ही कानों में गायों और बछड़ों की करुण आवाज आई। बाड़े में पानी बढ़ता जा रहा था। गाय-बछड़े तैरते हुए चिल्ला रहे थे। लकड़ी की ऊँची दीवारों को फाँदकर वह मुक्त स्थान में नहीं जा पा रहे थे। लोग अपने-अपने घरों से चीजों को निकालकर ऊपर के ऊँचे स्थान की ओर ढो रहे थे। पानी बड़ी तेजी से बढ़ रहा था। दिवोदास और उसके मित्रों ने रस्सियों को काटकर गोष्ठ के फाटक को खोल दिया। गायें और बछड़े बाहर निकलने लगे, लेकिन तब तक पानी आधे ग्राम में पहुँच चुका था। ऋषि की पर्णशाला पानी में आ गयी थी। आर्यों के खाद्य में सत्तू और जौ की ही हानि पहुँच सकी, उनके पशु भी बच गये। पर वस्त्र, बर्तन और दूसरी अनेक वस्तुओं के निकालने का मौका नहीं मिल सका। शुरू में वह जान ही नहीं सके, कि क्या हो रहा है। ग्रीष्म में इस तरह की बाढ़ कभी नहीं देखी थी। पहिले पानी को बढ़ते हुए देखकर विशेष ध्यान नहीं दिया। पर, जब पानी खतरे का रूप ले चुका, तो उन्हें अपनी वस्तुओं के बचाने का अवसर कम रह गया। वह इतना घबड़ा गये, कि गोष्ठों के फाटकों को खोलकर गायों को मुक्त करने के बारे में भी नहीं सोच सकते थे। फिर तो एक ओर आदमी दौड़ कर बचने की कोशिश कर रहे थे, दूसरी ओर पानी विशाल अजगर का रूप लेकर उनका पीछा कर रहा था। विपाश (व्यास) का पानी इतनी दूर तक फैल गया था, जितना बरसात में भी कभी नहीं देखा गया था।

मटमैले पानी में सैकड़ों वृक्ष, कितनी झोंपड़ियाँ बही जा रही थीं, जिनमें कुछ पर मनुष्य भी बैठे थे। कितने ही पशुओं की फूली लाशें उतराती बह रही थीं। कितने ही

जीवित तैर कर बाहर निकलने की कोशिश कर रहे थे। भयानक दृश्य था। पानी को बढ़ता देखकर लोग आशा छोड़ बैठे, जिस पेड़ पर वह चढ़े हुए थे, उसका भी क्या ठिकाना? पानी उसे भी बहा ले जा सकता था। जब तक पानी घटने का नाम नहीं लिया, तब तक वह कैसे ढाढ़स बाँध सकते थे? ऋषि भरद्वाज एक विशाल वट वृक्ष के ऊपर बैठे यह सारा दृश्य देख रहे थे। उसी वट के ऊपर और भी कितने ही शिष्य नर-नारी आश्रय लिये हुए थे। उन्हें ढाढ़स तो बँधाना ही था।

ऋषि ने कहा–इन्द्र हमारे अपराध के लिए जरूर दण्ड देंगे। आर्य अपने पुराने धर्म-कर्म को भूल गये। इसलिए यह अकाल में जलौघ आया। ग्रीष्म का दिन है, आसमान नीला और निरभ्र है। ऐसे समय में नदी में कैसे बाढ़ आयी? इन्द्र ने विपाश को दण्ड देने के लिए भेजा! अब भी आर्य चेतें।

दिवोदास राजा

[1195 ई०पू०]

‘अग्निनरनामी वृत्रहा पुरुचेतन दिवोदासस्य सत्पतिः’

दिवोदास बीस साल का हो गया। भरद्वाज ऋषि के पास उसे जो कुछ सीखना था, सीख चुका था। ऋषि के ज्येष्ठ पुत्र गर्ग भी अपने योग्य पिता की योग्य सन्तान थे, पर उनका स्नेह शिष्य और पुत्र में से किस पर ज्यादा था, यह कहना मुश्किल था। ऋषि ब्रह्मद्रष्टा थे, मंत्र और देवता दोनों का उन्होंने साक्षात्कार किया था। वह पुरोहित मात्र नहीं थे, बल्कि युद्ध की कला में निपुण थे। साथ ही आर्यों की महत्वाकांक्षा के प्रतीक थे। आर्य आपसी फूट के कारण जर्जर हो रहे थे, जिससे पुराने या नये शत्रुओं के सिर उठाने की पूरी संभावना थी। वर्ध्यश्व ने आर्य-प्रभुता को सुरक्षित रखने में बड़ी सहायता की, लेकिन इस काम को वह पूरा नहीं कर सका। ऋषि को रात-दिन यही धुन थी, कि कैसे सप्तसिन्धु के आर्यों में एकता स्थापित हो, कैसे उनका बल बढ़े और कैसे अपराजित शत्रुओं को नतमस्तक किया जाये। इस भाव को वह अपने शिष्यों में भर रहे थे। दिवोदास, भुज्यु, कुत्स, कुरुबिन्द जैसे तरुणों के ऊपर उन्हें पूरा विश्वास था।

जिस समय इस प्रकार गुरु और शिष्यों में आशा बढ़ रही थी, उसी समय एक अश्वारोही ने आकर समाचार दिया, वर्ध्यश्व अपने पितरों के पास चला गया। ऋषि और सारे कुल में यह समाचार सुनकर विषाद छा गया। वसंत के सुहावने दिन काले मालूम होने लगे। दिवोदास धैर्य का पुतला था, पर वह अपने अत्यन्त प्रिय पिता का सदा के लिए वियोगी था। उसके हृदय पर दुःख का पहाड़ टूट पड़ा। ऋषि ने सान्त्वना दी, वर्ध्यश्व मुझसे छोटे थे, पर वृद्ध तो हो ही गये थे। आज नहीं, तो एक दिन सभी को

इस संसार से विदा होकर पूर्वजों के पास पहुँचना है। तुम्हारे पिता ने वह काम किया, जिसे मनु-मान्धाता ने किया था। सारा सप्तसिन्धु उनकी वीरता और बुद्धि की प्रशंसा करता है और करता रहेगा। उन्होंने तुम्हारे जैसे पुत्र को सप्तसिन्धु के लिए प्रदान किया। पिता के वियोग का दुःख कुछ समय में मिट जायेगा। तुम्हें अपने कर्तव्य का ध्यान करना चाहिए और इस महान् भार को उठाने के लिए तैयार होना चाहिए। तृत्सु-भरत ही नहीं, सारे आर्य तुम्हारे कष्ट में सहानुभूति रखते हैं, सभी तुम्हारे ऊपर आशा लगाये हुए हैं। तृत्सु वृद्धों ने तुम्हें शीघ्र बुलाया है और मुझे भी जिससे कि तुम्हारा अभिषेक कराऊँ।

दिवोदास को यह जानकर और भी सन्तोष हुआ, कि उसके दुःख का भार बँटाने के लिए गर्ग, भुज्यु, कुत्स जैसे गुरु-पुत्र और गुरु-भाई तैयार हैं। गुरु-पत्नी सदा दिवोदास को पुत्रवत् मानती थी। इस स्नेह में उनका भरतों की कन्या होना भी कारण था। दिवोदास के अश्रु उतनी देर तक नहीं जारी रहे, जब तक कि गुरु-पत्नी के। इसी परिस्थिति में भरद्वाज ने अगले दिन भरत-जन में जाने का निश्चय सुनाया।

गुरु, गुरु-पत्नी, पुत्र, स्नुषा, बहुत से शिष्य ही नहीं, बल्कि भरद्वाज वंश के अनेक सूरि तथा तरुण भी अपने अश्वों को तैयार करने लगे। उनके साथ पशुओं की देखरेख तथा सेवा के लिए सैकड़ों दास-दासियों का जाना भी आवश्यक था। भरतों के राजा के अपने कुछ निश्चित निवास-स्थान थे, पर कहीं भी वह पणियों की तरह के स्थायी घरों वाले नहीं थे। उनके इस तरह के समारोह परुष्णी (रावी) के किनारे ही हुआ करते थे। वध्र्यश्व का देहान्त उसी जगह हुआ, जहाँ अश्व-समन रचाया जाता था। परुष्णी के किनारे पहुँचने में बहुत दिनों की आवश्यकता नहीं थी। भरद्वाज दिवोदास तथा दूसरे प्रधान पुरुषों को लिए दूसरे ही दिन वहाँ पहुँच गये।

पौरवी के धैर्य का बन्धन टूट गया था। दिवोदास को देखते ही वह उसको अंक में ले फूट-फूटकर रोने लगी। ऋषि ने समझाया–"शव की दाह-क्रिया और उससे भी अधिक अभिषेक का प्रबन्ध सबसे पहिले करना है। तुम ऐसे धैर्य को खो दोगी, तो काम कैसे चलेगा?"

इसी भूमि में किसी समय सप्तसिन्धु के सभी जनों को अश्व-समन में एकत्रित हुए हम देख चुके हैं। वध्र्यश्व का सभी सम्मान करते थे। आर्य मात्र उसकी सफलताओं

को अपनी सफलता समझते थे, यह बात नहीं थी। कुछ भीतर ही भीतर इस ख्याल से जलते थे, कि वह हमसे क्यों आगे बढ़ा? जलने वाले अधिकतर जनों के प्रमुख (राजा) ही थे।

परुष्णी (रावी) के वाम तट पर एक विशाल चिता चुनी गयी। वर्ध्र्यश्व के शव को उठाकर दिवोदास तथा भरत सूरियों ने उस पर रखा। दिवोदास ने आग दी। भरद्वाज ने ऋचाएँ पढीं।

–"उन पुरुविले पथों से (वहाँ) जाओ, जहाँ हमारे पूर्वज पितर गये। (वहाँ) तुम यम और वरुण दोनों राजाओं को स्वधा से आनन्दित देखोगे। हे यम, रक्षा करने वाले पक्षिरक्षी मनुष्यों की देखभाल करने वाले चार आँखों वाले जो तुम्हारे दोनों श्वान हैं, हे राजा, इसे (मृत को) उनकी रक्षा में दो, इसे स्वस्थ और नीरोग करो।" (ऋक् १०।१४।७, ११)

कुछ ही समय में वर्ध्र्यश्व का कलेवर भस्मसात् हो गया, पर उसका यश अब भी जीवित है।

सारे लोग अभिषेक की तैयारी में जुट गये। पौरवी को एक महान् विषाद के बाद, अब महान् हर्ष का समय देखना था। उसके ऊपर सबसे बड़ा भार था। राजपत्नी होते समय भार राजा के ऊपर अधिक था और अब वह था नवतरुण अनुभवशून्य भावी राजा की माता के ऊपर। भरद्वाज मार्गदर्शक थे, इसलिए सभी को सान्त्वना मिली। उन्होंने सारे सप्तसिन्धु के आर्यजनों में भरतों के राजा की मृत्यु और नये राजा के अभिषेक में आने का निमंत्रण भेजा। पणि होते, तो इस वक्त पट्टी पर लिखकर संदेश भेजते, लेकिन आर्य पणियों की कितनी ही उपयोगी बातों को भी अनार्यों की होने के कारण अपनाने के लिए तैयार नहीं थे। भरद्वाज के भेजे सन्देश मौखिक थे। उनके वाहक तेज घुड़सवार चारों ओर छूटे। किसी को सप्तसिन्धु से पश्चिमी छोर पर रहने वाले पख्तों और गंधारि-जनों में जाना था और किसी को पूर्वी छोर के आर्यजनों कुशिकों के पास। वसिष्ठ कुशिक जन के प्रधान नेता थे। विश्वामित्र यद्यपि अभी तरुण थे, पर वह भी निमन्त्रित किये गये थे।

वसंत का अभी अंत हो रहा था। ग्रीष्म आरम्भ नहीं हुआ था, इसलिए निमंत्रितो को ऋतु की शिकायत नहीं हो सकती थी। एक बार फिर परुष्णी के तीर के घने जंगल

दूर तक मानवों की वाणी से मुखरित हो गये। उनमें पशु विचरने लगे। हिंसक जन्तु मानवों के डर के मारे भाग गये। पौरवी ने मुक्त हस्त हो अतिथियों के सत्कार का प्रबन्ध किया। सवेरे ही प्रसथों सोम, घड़ों क्षीर और मधु हरेक डेरे पर पहुँच जाते। उसी समय बेहद, वृषभा (पहिली गाय), वत्सतरी, अजा और अवि भेजी जाती। इनके अतिरिक्त आर्य सूरियों के सहभोज और सहपान का प्रबन्ध प्रातः, मध्यन्दिन और सायं सवनों में वर्ध्यश्व की गार्हपत्य-अग्नि की परिचर्या के समय होता। मनुष्य भी कैसा प्राणी है। एक की मृत्यु ने सबको दुःख-सागर में डुबो दिया था। अभी आँसू सूखने नहीं पाया, कि लोग चारों तरफ आनन्द-मगल मना रहे थे।

पर, सभी आगत अतिथियों की यह बात नहीं थी। पुरुकुत्स बेमन-सा आया था, यद्यपि उसके ही भांजे का यह अभिषेक था। पुरुओं का राजा होने के कारण वह पुरुओं के सभी जनों का ही नहीं, बल्कि सारे आर्यजनों का अपने को जन्मजात मुखिया मानता था। वर्ध्यश्व यदि अपने गुणो से प्रसिद्ध बना, तो इसमें उसका क्या दोष। वह अपने बहनोई के सामने अधीन के तौर पर विनम्रता दिखलाता। दिवोदास भी अपने मामा के प्रति पिता से कम सम्मान नहीं दिखलाता था। इसी तरह यदु और तुर्वश जन भी शिष्टाचार दिखलाने के लिए यहाँ आये थे। उनकी पुरुओं से सदा प्रतिद्वन्द्विता रही। जब भरत आगे बढ़ गये, तो उनकी दृष्टि फिर गयी। वर्ध्यश्व के प्रति असन्तोष या द्वेष वस्तुतः सारे जनों में नहीं देखा जाता था। वह उनके सूरियों-सामन्तों तक ही सीमित था। पौरव नृप का अनुकरण उसका पुत्र त्रसदस्यु नहीं करना चाहता था। वह अपने फुफेरे भाई के साथ यमल की भाँति उपस्थित रहता।

अभिषेक का दिन आया। प्रातः सवन के बाद मुख्य विधि की गई। काष्ठ-पीठ रखा गया। आर्य जन अपने साथ अपनी नदियों के जल ताँबे के कलशों में लाये थे, जो वहीं रक्खे हुए थे। सातों सिन्धुओं के उसी जल से दिवोदास का अभिषेक हुआ। सूरियों ने बारी-बारी से इस विधि को समाप्त किया। दिवोदास को नया अन्तर्वासक, नई द्रापि और नया उष्णीष पहनाया गया। ऊँची वेदी पर बिछे ताजे वृषभ-चर्म पर उसे भरद्वाज ने ले जाकर बिठाया और हाथ में पलाश का दण्ड देते हुए कहा–

मैं तुम्हें (यहाँ) लाया, (देश के) भीतर बढ़ो, अचल और ध्रुव बने रहो। सारी प्रजाएँ तुम्हें चाहें। तुम्हारा राष्ट्र (राज्य) भ्रष्ट न हो ॥१॥

यहीं रहो, पर्वत की तरह अचल रहो, च्युत मत होओ। इन्द्र की तरह यहाँ ध्रुव रहो, इस राष्ट्र को धारण करो ॥२॥

ध्रुव हवि द्वारा इन्द्र ने इस ध्रुव को स्थापित किया। उससे सोम बोले और उससे ब्राह्मणस्पति भी (बोले) ॥३॥

द्यौ ध्रुवा (अचल) है, पृथ्वी ध्रुवा, यह पर्वत भी ध्रुव है। यह सारा जगत् ध्रुव है, प्रजाओं का यह राजा ध्रुव होवे ॥४॥

तुम्हारे राजा वरुण ध्रुव है, देव वृहस्पति ध्रुव, वह इन्द्र और अग्नि ध्रुव। (वे) राष्ट्र को धारण करें ॥५॥

ध्रुव हवि द्वारा, ध्रुव सोम को हम मिलाते हैं। इन्द्र तेरी प्रजा को एकतापरायण और कर-प्रदाता बनायें ॥६॥

(ऋक् १०। १७३)

दिवोदास ने आर्यविशों (प्रजाओं) के सामने शपथ दोहरायी। विश ही राजा को बनाते हैं। उन्हीं की सहायता से वह अचल रहता है।

इसके बाद नये राजा के लिए लोगों ने शुभ कामनाएँ अर्पित कीं। सर्वप्रथम ऐसा करने का अधिकार पुरुकुत्स को था। यह कहना पड़ेगा, कि उस अवसर पर उसने दिल खोलकर अपने भांजे के लिए मंगल कामना की और कहा–"दिवो की योग्यता की प्रशंसा मैं विशेष पक्षपात के कारण नहीं करता। मुझे पूरा विश्वास है, वह अपने पिता के यश को आगे बढ़ायेगा। मैं उसे देखने के लिए रहूँगा कि नहीं, नहीं कह सकता, पर यह हर्ष की बात है, कि मेरे पुत्र त्रसदस्यु और दिवोदास का आपस में प्रेम सहोदरों से भी बढ़कर है।"

वसिष्ठ, विश्वामित्र आदि पौरव जनों के मुखियों के हार्दिक उद्‌गार प्रकट करने के बाद दूसरे आर्यजनों की ओर से भी शुभ कामना प्रदर्शित की गयी। यदुओं और तुर्वशों की कुछ बातें लोगों ने पसन्द नहीं की। वर्ध्यश्व की प्रशंसा करते हुए, वह यह कहे बिना नहीं रहे कि उस राजा ने कभी-कभी उतावलेपन का परिचय दिया। आशा है, पुत्र पिता से अपने को अधिक दूरदर्शी और सौम्य साबित करेगा।

दिवोदास ने सभी आर्य बन्धुओं के प्रति भारी आभार प्रदर्शित करते हुए नम्रतापूर्ण शब्दों में यदुओं और तुर्वशों के लिए विशेष सम्मान प्रदर्शित किया। यदु

और तुर्वश हमेशा सप्तसिन्धु में सर्वश्रेष्ठ वीरों को पैदा करते रहे। दस्युओं के दमन करने में उनका सदा विशेष हाथ रहा, बल्कि कहा जा सकता है, कि अन्य आर्य जनों ने यदि प्रतापी राजाओं को पैदा किया, तो यदु-तुर्वशों ने अपने जन के एक-एक तरुण को महावीर बनाया, उनमें स्वच्छन्दता का भाव भरा। हरेक आर्य के लिए उन्होंने अनुकरणीय आदर्श रखा। मैने उनसे बहुत सीखा है। इन्द्र मेरी प्रार्थना सुनेंगे और मुझे इस योग्य बनायेंगे, कि मैं आप लोगों के वात्सल्य और विश्वास को प्राप्त करूँ। मेरे गुरु मुझे कभी पथभ्रष्ट होने नहीं देंगे।

अभिषेक की समाप्ति के बाद सायं-सवन में इन्द्र के लिए हवन हुआ। अनेक प्रकार के पुरोडाश और स्वादिष्ट सोम से अतिथियों का सत्कार किया गया। हरेक उत्सव का अन्त होता ही है और उसके साथ स्वजनों के वियोग का विषाद हुए बिना नहीं रहता। दो ही तीन दिनों में सारे अतिथि अपने आवासों को छोड़कर चले गये। दास-दासियों और दरिद्र पणियों ने जगह को ढूँढ़ा-टटोला। यदि किसी को कोई ताँबे की छुरी, बाण के फल या पुराने चमड़े, टूटे-फूटे काष्ठ-चषक या और कोई चीज मिल गयी, तो उसने उक्त अतिथि की प्रशंसा की। किसानों को अपने खेतों के लिए बहुत-सी खाद मिली। वह झोंपड़ियों के फूस और काष्ठ को उठा के ले गए। कितने ही दिनों तक जबर्दस्ती बेगार करने का उन्हें यही लाभ मिला।

अग्निदेव दिवोदास के संत्पति (सच्चे स्वामी) थे, तो भी तरुण राजा को अपने-अपने दायित्व का पता था। वह किसी बात को भी बिना अच्छी तरह विचारे तथा अपने गुरु की सलाह बिना नहीं करता था। उसके जैसे तरुण में इतनी नम्रता शायद ही देखने को मिले। भरद्वाज ने उसे साधारण शिष्य के तौर पर स्वीकार नहीं किया था, बल्कि उस पर बड़ी-बड़ी आशाएँ बाँधी थीं। एक बार उत्तर के बृहत् पर्वतों (हिमालय) की ओर से खबर आयी, कि किलातों ने उस पणिग्राम को लूट लिया, लोगों को मार डाला, जिसमें दिवोदास और उसके साथी सिंह के आखेट के समय गये थे। इसी प्रसंग को लेकर भरद्वाज ने कहा–"आज हमारे शत्रु पणियों में मुकाबिला करने का दम नहीं है। निषाद सिन्धु की भूमि में बहुत कम हैं। हमारे वास्तविक शत्रु यही उत्तर के पहाड़ी किलात (किरात) हैं।"

–लेकिन, किलात तो शस्त्रबल और बुद्धिबल में हमारे सामने कोई स्थान नहीं रखते,– इन बातों में भले ही निर्बल हों, लेकिन उनमें बड़ी शक्ति है। उनके निर्भीक और संघबद्ध होने की। मैं तुम्हें एक कथा सुनाऊँ, कथा नहीं वास्तविक घटना। तीस वर्ष पहिले की बात है, तब तुम्हारा जन्म भी नहीं हुआ था। शलभों (टिड्डियों) की बाढ़ आयी, बाढ़ नहीं महाप्रलय! लोगों ने समझा था, अब मनुष्य या प्राणी पृथ्वी पर नहीं रह जायेंगे।

–क्या इन पतिंगों का इतना आतंक छा गया था?

– हाँ, सुनो! मैं विपाश के किनारे अपने लोगों के साथ था। तरुणों में साहस और उत्साह की कमी नहीं होती। मध्याह्न-सवन के बाद मैं कच्छ के खेतों में घूम रहा था, जौ फूट चुके थे, दाने दिखलाई पड़ते थे, पर वह अभी पुष्ट नहीं हुए थे। फसल इतनी अच्छी थी, जिसे देखकर हमें हर्ष हो रहा था। हमें क्या, देवों को भी प्रसन्नता हो रही थी। अब के वर्ष दिल खोलकर हर रोज यवाशिर (जौ के खीर) का पुरोडाश तैयार किया जायेगा। मैं और मेरे साथी इसी तरह की बातें करते, खेत की मेड़ों पर घूम रहे थे। इसी समय कुछ हलकी-सी घरघराहट पश्चिम की ओर सुनाई दी। उधर देखा, तो लम्बे-लम्बे शलभ पश्चिम से उड़ते आ रहे हैं। पहले वह ऊपर की ओर आकाश में दूर-दूर दिखलाई पड़ते थे, लेकिन क्षितिज की ओर दृष्टिपात करने पर उनकी संख्या और अधिक मालूम हुई। थोड़ी ही देर में पश्चिम क्षितिज पर काली घटा-सी घिर आयी। घटा धीरे-धीरे आगे की ओर बढ़ रही थी। कुछ ही समय बाद सूर्य उनके भीतर छिप गया, पूर्ण-ग्रहण का दृश्य था। हमने भी शलभों के उत्पातों के बारे में सुना था, लेकिन यह स्थिति कभी नहीं हुई थी। पहिले वह शत-सहस्त्रकी संख्या में पेड़ों पर उतरे। फिर हमारे जौ के खेतों में दिखाई देने लगे। लाखों मुँह जौ में चिपट गये। उनके खाने की चर-चर आवाज साफ सुनाई देती थी। वह हमारे ऊपर गिरने लगे। कहीं-कहीं काटा भी। हम खेत छोड़कर घर की ओर भागे। एक-एक जौ पर सैकड़ों पड़े थे। उनके सामने जो कुछ भी आया, उसे उन्होंने उदरस्थ किया। हमारे छप्परों पर पड़े, आँगन में बिछ गये। यदि दरवाजोंको बन्द न करते, तो घरों में भर जाते। हमने साधारण पतंगों को निरीह समझा था, लेकिन वे भयंकर थे। हल्की निर्बल फूस की छतें, उनके भार से दबकर नीचे गिर गयीं।

अँधेरा होते शलभ (टिड्डी) किसी जगह सुस्ताने के लिए बैठ जाते और सूर्योदय के साथ फिर उड़ने लगते। उनकी क्षुधा कभी तृप्त होने वाली नहीं थी। पहिले दिन की बाढ़ में जो सस्य या हरी पत्तियाँ बच गई थीं, वह दूसरे दिन साफ हो गयीं। सायंकाल तक हरियाली कहीं देखने को नहीं रही। तीसरे दिन तो उन्होंने खूनी का रूप ले लिया। खाने के लिए पत्ते नहीं रह गये थे, इसलिए वह प्राणियों के ऊपर चिपक जाते। हमने अपनी आँखों नहीं देखा, पर अविश्वास का कारण नहीं। उन्होंने घर से बाहर मिले मनुष्यों को भी खाकर हड्डी मात्र छोड़ा। हमने रक्षा के लिए अग्निदेव की शरण ली। लकड़ियों की राशि में आग लगा दी। आग के सामने शलभ की क्या हस्ती? पर, उस वक्त मालूम हुआ, निर्भीकतापूर्वक संबद्ध होने से कितनी अपार शक्ति पैदा होती है। अग्निस्कन्ध उनके लिए भय की चीज नहीं थी। वह और उत्साह के साथ उसी की तरफ बढ़ रहे थे। झुलस कर वह उसमें गिर जाते। असंख्य शलभों के सामने अग्निदेव को भी परास्त होना पड़ता। उन्होंने अग्नि को ढाँककर बुझा दिया। उनके शरीर से इतना जल निकला, कि वह अग्नि को शान्त करते हुए भूमि पर फैल गया।

–सचमुच आश्चर्य की बात है!

–आश्चर्य की ही नहीं, अविश्वास की भी है, जिसने अपनी आँखों नहीं देखा, वह कभी इस पर विश्वास करने के लिए तैयार नहीं होगा। रास्ते में जितने लोग मरे, उनका अन्दाजा करना कठिन है। पर, मरने वालों को छोड़, बाढ़ रास्ते में महाप्रलय का चिह्न छोड़ती गयी। मनुष्य ने कायर की तरह घरों में छिपकर अपनी जान बचायी। यही कुशल था, कि यह प्रलय-लीला सारे सप्तसिन्धु में नहीं मची। भरत, पुरु आदि कुछ ही जन इसके शिकार हुए थे। सबने समझा, इन्द्र का कोप कितना भयंकर रूप धारण कर सकता है और इन्द्र की शक्ति पाकर पतंगा भी कितना बलवान बन सकता है। उसी समय यह भी ज्ञात हुआ, कि जिन शत्रुओं में शलभ की जैसी प्रकृति पाई जाती है, वह युद्ध में कितने भयंकर हो सकते हैं। किलात ऐसे ही हैं।

वर्ध्यश्व ने आर्यों की शक्ति को एकताबद्ध करने का कार्य आरम्भ किया था, जिसमें उसे पर्याप्त सफलता मिली। उसके न रहने पर उस काम को बहुत धक्का लगा। फिर सप्तसिन्धु में हर जगह फूट के चिह्न दिखाई पड़ने लगे। यह बड़े सौभाग्य की बात थी, कि दिवोदास को भरद्वाज-जैसा सहायक और मार्ग-प्रदर्शक मिला।

गंधर्व-गृहीता कुमारी

[1195 ई०पू०]

"अक्षैर्मा दीव्यः कृषिमित् कृषस्व"

अपने जन को सब तरह से सुखी और समृद्ध बनाने का निश्चय दिवोदास ने कर लिया था। अपने परिवार के लिए उसे चिन्ता नहीं थी। पिता द्वारा अर्जित पशु और धन उसके पास पर्याप्त था। अपनी स्वाभाविक रुचि तथा ऋषि की शिक्षा के कारण उसमें कोई व्यसन नहीं था। सरल, परिश्रमी जीवन उसे पसन्द था। पर, जब तक सारा जन कष्ट से मुक्त न हो, तब तक वह कैसे चैन ले सकता था? विपाश (व्यास), शतद्रु और परुष्णी के बीच की अपनी जन्मभूमि में वह केवल अपने पशुओं के साथ विचरण नहीं करता था, बल्कि अपने लोगों को समीप देखने, उनके साथ घनिष्ठता स्थापित करने के लिए भी ऐसा करते समय एक बार उसका ग्राम (समूह) परुष्णी (रावी) के किनारे बहुत उत्तर में पड़ा हुआ था। राजा का कर्तव्य था, लोगों के पारस्परिक झगड़े को दूर करना। प्रातः सवन की क्रिया से निवृत्त हो, एक दिन वह बैठा ही था, कि एक आदमी को पकड़ कर उसके सामने लाकर वादी ने कहा–

–यह हमारा ऋण धारण करता है और उसे देना नहीं चाहता।

प्रतिवादी ने आर्त स्वर से उत्तर दिया, मैं इसका ऋण धरता हूँ अवश्य, पर मेरे पास देने को कुछ नहीं है।

वादी ने कहा–इसके माता-पिता हैं, सास-ससुर हैं। उनके पास धन है, यह चाहे तो दे सकता है।

पुरुष ने कहा–सास मुझसे द्वेष करती है, स्त्री ने मुझे छोड़ दिया है। कोई मुझे देने वाला नहीं है। जैसे मूल्यवान बूढ़े घोड़े को लोग छोड़ देते हैं, वैसी ही मेरी दशा है। वहाँ

कितने ही और नर-नारी भी इकट्ठा हो गये। पुरुष के संबन्धी भी आ गये। माता-पिता की ओर संकेत करके वादी ने कहा–

–यह इसके माता-पिता हैं। इनकी वस्त्र-भूषा देखने से ही जान सकते हैं कि यह दरिद्र नहीं हैं।

इस पर पिता ने कहा–हमने कह दिया था, कि इसे बाँधकर जहाँ चाहो ले जाओ, हम इसे नहीं जानते। जुआरी का कोई अपना नहीं होता। दिवोदास को अब बात का रहस्य ज्ञात हुआ। पुरुष ने ऋण नहीं लिया था, बल्कि जुए में हारा धन उसके लिए ऋण हो गया था।

दिवोदास ने पूछा–इसकी स्त्री कहाँ है?

पुरुष की माता बीच में बोल उठी–इसी से पूछो कि मेरी स्नुषा (बहू) कहाँ है?

जुआरी ने उत्तर दिया–वह न मुझे कष्ट देती थी, न क्रोध करती थी। मेरे और मेरे मित्रों के लिए कल्याणी थी। केवल जुए के बस में पड़ने के कारण मैंने अपनी अनुरागिणी जाया को विरक्त कर दिया।

एक दर्शक बोल उठा–और आज वह दूसरे के पास चली गयी। बेचारी कब तक सहती? तंग आ गयी थी। यह उसे भी दाँव पर रखने वाला था। उस दिन छाती फुलाये कह रहा था–"आज मैं अवश्य जीतकर आऊँगा।" और आया सर्वस्व हार कर। ऋण लेकर खेला। एक दिन किसी एक घर में चोरी करने घुसा, पकड़ा गया। सम्बन्धी थे। माता-पिता का ख्याल करके छोड़ दिया।

पिता ने कहा–इधर कई दिनों से यह घर से गायब था। रात को भी नहीं आता था। जुआरी ने अपना अपराध स्वीकार करते गिड़गिड़ाते हुए कहा–मैंने ऐसा ही किया है। फलक पर घूमते पाँसे मुझे बेबस कर देते हैं। जैसे मुंजवान् पर्वत् का सोम (भाँग), वैसे ही यह काठ के पाँसे मुझे उत्तेजित करते हैं। मैंने कई बार परीक्षा की, कि अब इनके साथ नहीं खेलूँगा। पर अपने जुआरी मित्रों को छोड़ने का मुझे साहस नहीं है। जब भूरे पाँसे पटरे पर खटखट शब्द करते है, तो व्यभिचारिणी स्त्री की तरह मैं जुआरियों के मिलन-स्थान में जाने के लिए व्याकुल हो जाता हूँ।

दिवोदास देख रहा था, इस रोग में केवल वही पुरुष नहीं फँसा है। आर्यों में यह दुर्गुण बहुत पाया जाता है। बिना श्रम के धनार्जन का प्रलोभन उन्हें और खींचता है।

वह देखते हैं, जुए के बल पर कोई धनी नहीं होता। एक बार जीतने वाला दूसरी बार सब कुछ गंवा बैठता है। आर्यों में सुरा का व्यसन नहीं-सा है। स्वादिष्ट सोम (भाँग) नशा का काम भी देता है और उसमें मर्यादा का अतिक्रमण भी नहीं होता।

दिवोदास ने जुआरी को संबोधित करते हुए कहा–पाँसों से मत खेलो, खेती करो। अपनी गायें और पशुओं से सन्तुष्ट रहो। सविता स्वामी का यही आदेश है।

फिर उसने उपस्थित लोगों से कहा–जुआ खेलना पाप है। इसमें दाँव पर पशु, दास-दासी या पत्नी को रखना ऋत (सत्य धर्म) के विरुद्ध है। मैं अभी इतना ही कह सकता हूँ। इसके बारे में ऋषि, जन के सूरियों तथा वृद्धों की सम्मति लूँगा। यदि वह मेरी बात को उचित कहेंगे, तो अक्ष (जुआ) खेलना दण्डनीय अपराध माना जायेगा।

दिवोदास ने उस दिन अपने लोगों की एक बहुत कमजोरी पकड़ी। भरद्वाज और दूसरे जन वृद्ध उससे सहमत हुए। पर ऋषि ने यह भी कहा–खाली समय और बिना मेहनत का धन कमाने का मनोभाव आर्यों को अक्ष की ओर खींचता है। पणियों में भी यह व्यसन बहुत है। आर्यों में अवसर न मिलने पर वह उनके पास जुआ खेलने चले जायेंगे। छिपकर खेलेंगे।

–हाँ, वहाँ वह उतना ही हार सकेंगे, जितना उनके पास उस समय है।

दिवोदास ने कहा–इसके लिए क्या यह अच्छा नहीं होगा, कि लोगों को धनार्जन के काम में लगा दिया जाय।

–धनार्जन के काम में बराबर लगे रहने पर आदमी का मन उकता जाता है। इसलिए वह क्रीड़ा और विनोद में अपना समय बिताना चाहता है। कृषि और पशुपालन धनार्जन ही का काम है न?

–जुए को निषिद्ध करके हम उसके द्वारा धन हारने को बहुत सीमित कर सकेंगे। इससे कुछ तो लाभ होगा। –दिवोदास ने कहा।

–कुछ क्या, बहुत लाभ होगा, पशु-प्राणियों को जुए में हारा नहीं जा सकेगा। ऋण लेकर भी खेलने की संभावना कम रह जायेगी, पर इस व्यसन को दूर करने के लिए हमें और भी सहारे लेने हैं। नर-नारियों के विनोद के लिए अधिक अवसर प्रदान करने का प्रबन्ध करना चाहिए।

–वह कौन हो सकते हैं?

—मैं देर से इस पर सोचता आ रहा हूँ। ऋषि ने कहा—पूर्वज ऋषियों ने समन इसीलिए प्रचलित किये। नृत्य और सामगान उसी के लिए हैं, किन्तु इसके लिए अवसर कम होते हैं। आयोजन भी कम होते हैं। आयोजन भी आकर्षक नहीं किया जाता। ग्राम-ग्राम, ब्राज-ब्राज में इसका प्रचार करना चाहिए। प्रतिस्पर्धा का प्रबन्ध होना चाहिए। तुम्हारे पिता ने सारे सप्तसिन्धु के लिए जो अश्व-समन जारी किया, देखा, लोग उसकी ओर कितने आकृष्ट हुए! कितने चाव से उसमें सम्मिलित होते। यह समन ग्राम और ब्राज की प्रतिद्वन्द्विता से आरम्भ होना चाहिए। श्रेष्ठ अश्वारोहों, साम-गायकों, नर्तक-नर्तकियों को प्रोत्साहन के साथ चुनकर ऊपर की प्रतियोगिता में लाना चाहिए। केवल इन्हीं बातों में ही नहीं, कृषि में भी चतुराई की प्रतियोगिता की आवश्यकता है। काष्ठ, पाषाण, मिट्टी और अयः (ताम्र) के शिल्प में भी प्रतियोगिता की आवश्यकता है। वही ताम्र है, पर कुशल हाथों में पड़कर उसके कितने सुन्दर उपयोगी चमू, द्रोण, कलश आदि बर्तन अथवा खनित्र, असि, ऋष्टि आदि हथियार बनते हैं। अधिषवण (चक्की), उलूखल, ग्रावा (सिलबट्टा) पाषाण के ही होते हैं। पर चतुर हाथों में जाकर वह कितने सुन्दर बन जाते हैं। इसी काष्ठ से उलूखल (ओखल), तारोतल (चर्म-वेष्ठित प्याले), कुचक (सन्दूक), तितउ (छलनी), मंथा मयूख (खूँटियाँ), शंकु (कीलें) आदि बनाये जाते हैं। पर निपुण हाथों की बनावट से उनमें कितना अन्तर मालूम होता है? मिट्टी के आसेचन (सैकी), उदंचन, उपसेचनी (झारी), कलश, कांड्डप (सोम का प्याला), कुंभ, द्रोण, नाक्षण (दबली), वृथा (रहट की माला) बनती है। उनमें सौंदर्य और विशेषता लाना हाथों की करामात है। क्षीर, घृत, जौ, मांस, मेद (चर्बी) यही तो हमारे भोजन की वस्तुएँ हैं। पर सभी के हाथों में स्वादिष्ट आशिर (दूधसहित सोम), गवाशिर, यवाशिर (जौ की खीर), पृषदाज्य (घृतसहित दही), पुरोडाश नहीं बनता। कुशल सूपकार साधारण मांस का इतना स्वादिष्ट यूस (जूस) बना देता है, कि एक बार खाकर उसे भूला नहीं जा सकता। हमारी सभी वस्तुओं, सभी कार्यों में नये कौशल तथा अपूर्व सौंदर्य उत्पन्न करने की आवश्यकता है। इस ओर प्रोत्साहित करने पर लोगों के पास विनोद की कमी नहीं रह जायेगी। इसके कारण जहाँ उनके मन और बुद्धि अधिक समर्थ होंगे, वहाँ उनका शरीर भी अधिक कर्मण्य होगा। वह इन्द्र के कृपापात्र भी हो सकेंगे।

–इन्द्र को हम कभी नहीं भूल सकेंगे।

–अनु-इन्द्र होने का अर्थ है, घोर पराजय। भरद्वाज ऋषि ने कहा–"इन्द्र हमारे अश्व, मेष, अजा, गो, नारियों और नरों का कल्याण करते हैं।"

–आगे बात को जारी रखते हुए, ऋषि ने कहा–इन्द्र की कृपा और अपने प्रयास से मनुष्य क्या नहीं कर सकता? बेचारी विश्पला को जानते हो न? वही अगस्त्य की पत्नी। उसका पैर टूट गया था। पर एक कुशल कारु ने उसके लिए आयसी (ताम्रयुक्त) जंघा (घुटने के नीचे का पैर) बनाकर दे दी। दोनों अश्विनों ने उस कारु (कारीगर) की इसमें सहायता की थी। देव उसकी सहायता करते हैं, जो कार्य-परायण होता है।

–हाँ, हमें आर्य कारुओं को प्रोत्साहित करना चाहिए।

–पणियों की बनायी द्रापि (कंचुक) कितनी सुन्दर होती है? यद्यपि वह स्वयं सूत की भी द्रापि नहीं पहिनते। उनके परिधान दूसरे ही प्रकार के होते हैं। द्रापि वह केवल हमारे लिए बनाते हैं और एक-एक द्रापि के लिए हमारा सबसे अच्छा एक घोड़ा और किसी-किसी के लिए दो घोड़ा ले जाते हैं। उसे भी हमें सीखना चाहिए।

ऋषि के साथ दिवोदास, भुज्यु और कुत्स तथा कितने ही दूसरे भरतों को लिए उत्तर की ओर आगे बढ़ते गये। किलातों ने उधर कुछ उपद्रव किया था। वस्तुतः उसी के संबंध में यह अभियान था। सायंकाल को एक आर्यग्राम में पहुँचे। ग्राम ने अपने राजा और ऋषि का बड़े उत्साह के साथ आतिथ्य किया। अभी वह अच्छी तरह बैठ भी नहीं पाये थे, कि किसी ने भुज्यु के कान में कुछ कहा। वह दिवोदास के पास जाकर बोला–गंधर्व-गृहीता कुमारी के बारे में हमने तो सुना अवश्य है, पर कभी अपनी आँखों से नहीं देखा। यहाँ इस समय एक कुमारी गंधर्व-गृहीता है, वह विचित्र बातें कर रही है। कभी आर्यों की वाणी में बोलती है और कभी पणियों की। आँखों से अदृश्य वस्तुओं के बारे में भी बतलाती है।

–तब तो उससे किलातों के बारे में भी पता लग सकता है। दिवोदास ने कहा चलो चलें।

दिवोदास अपने तीन-चार साथियों के साथ ग्राम के दूसरे छोर पर एक दम (घर) में गया। भीड़ लगी हुई थी। नारियों से नरों की संख्या कम नहीं थी। सविता अस्त हो चुके थे, पर अभी अँधेरा नहीं हुआ था। कुमारी घर से बाहर वृषभ-चर्म पर बैठी थी।

उसके सुनहले बाल, कपर्दों (जूड़ों) में बंधे रहने के कारण अधिक घुँघराले हो पीठ और मुँह को ढँके हुए थे। उसका शरीर धीरे-धीरे हिल रहा था। राजा के लिए पास जाने का रास्ता देते लोगों ने बतलाया, कि कुमारी दो घड़ी से गंधर्व-गृहीता हैं। पहिले अंग-प्रत्यंग को बहुत हिलाती, बातें करती तथा गीत गा रही थीं। अब लोगों के प्रश्नों का उत्तर दे रही हैं।

कुमारी ने दिवोदास की ओर देखा और एकाएक बोल उठी भरतों का राजा दिवोदास, मेरी बात पर अवश्य विश्वास करेगा। यह किलातों के अभियान पर जा रहा है। किलात (किरात) बहुत अभिमानी हो गये हैं। वह आर्यों के घोड़ों और गायों को ही लूट नहीं ले जाते, बल्कि नर-नारियों, बच्चों को भी नहीं छोड़ते। यह उनके चींटी के पंख हैं। दिवोदास अवश्य उनका संहार करेगा। इन्द्र ने कल ही देवी के सामने कहा था। मैं भी वहाँ यह सुन रहा था।

–तुम कौन हो? दिवोदास ने पूछा।

–मैं गन्धर्व हूँ, बड़े देवों में नहीं, पर इन्द्र का कृपा-पात्र अनुचर हूँ।

–तो तुम्हें यहाँ आने की छुट्टी कैसे मिली?–भुज्यु ने पूछा।

–इन्द्र ऐसे स्वामी नहीं हैं कि, अपने परिचारिकों की सुख-सुविधा का ध्यान न रक्खें। मैं सात दिन से छुट्टी पर हूँ, परुष्णी (रावी) की सैर कर रहा था। वहीं इस युवती को स्नान करते पाया। इसके नग्न सौंदर्य को देखकर मोहित हो गया। इसीलिए तुम मुझे यहाँ देख रहे हो।

–तो मोहित होकर इस बेचारी को कष्ट क्यों दे रहे हो? कब तक इसे पकड़े रहोगे?–सदा कष्ट नहीं दूंगा। जब तक यह कुमारी है, तभी तक। कभी-कभी मेरा इससे सम्पर्क रहेगा।

आगे बढ़कर कुत्स ने पूछा–किलात इस समय कहाँ हैं?

–अपने पहाड़ों पर, बहुत दूर वहीं जहाँ के श्वेत पर्वत हमें दूर से दिखाई देते हैं। उन्हीं के नीचे वह आखेट कर रहे हैं। हाँ, अभी उनके नेता शंबर ने एक बाण मारा। वह जाकर भूरे भालू के हृदय में घुस गया। मैं यह सब उसी तरह देख रहा हूँ, जैसे यहाँ खड़े तुम लोगों को।

यहाँ से शंबर कितनी दूर है? शंबर कौन है, कैसा है?

गंधर्व ने कहा–यहाँ से धीरे-धीरे जाने पर वहाँ बीस दिन में पहुँचेंगे। शीघ्रता से जाने पर भी दस दिन लग जाएँगे। पर, ये सारे पर्वत किरों (किलातों) के हैं। आर्य इनके भीतर घुस कर एक दिन भी नहीं बच सकते। शंबर बड़ा बलवान है। दिवोदास से कुछ ही छोटा, पर उसकी छाती इससे भी अधिक चौड़ी है। उसके बाहु और भी सबल हैं। उसके शरीर पर ऋक्ष-चर्म लिपटा हुआ है। सिर पर हिमवंत के पक्षी के सुन्दर पंख लगे हुए हैं।

–लेकिन हम कैसे जानें, कि तुम यह बातें अपने मन से बनाकर नहीं कर रहे हो?

दिवोदास ने पूछा–

–तो, परीक्षा कर लो।

–मेरी इषुधि (तरकस) अब भी मेरे घोड़े की पीठ पर है। बतलाओ, उस घोड़े का रंग क्या है? वह किस ओर मुँह किये खड़ा है? मेरी इषुधि में कितने बाण हैं?

–गंधर्व ने बिना विलम्ब किये उत्तर दिया–तुम्हारा घोड़ा अरुण है, उसका नाम दध्रिका है। तुमने अपने मरे हुए घोड़े के नाम पर उसका नाम रक्खा है। वह दक्षिण दिशा की ओर मुँह किये खड़ा है। तूणीर उसकी पीठ पर दाहिनी ओर लटक रहा है। उसमें सत्रह इषु हैं।

गन्धर्व ने सारी बातें सच्ची बतायीं। देखने वालों ने जाकर वहाँ वैसा ही देखा। दिवोदास को अपनी आँखों गंधर्व का चमत्कार देखने को मिला। उसने प्रसन्न हो, विनयपूर्वक कहा–गंधर्व, तुम सत्यवादी हो, तुम अवश्य हमारे इन्द्र के घनिष्ठ अनुचर हो। तुम्हें आर्यों की सहायता करना चाहिए, क्योंकि आर्य ही इन्द्र के सच्चे भक्त हैं।

–भक्त होने की बात छोड़ो। किलात या पणि की कुमारी को पकड़ने पर वह भी मेरा सम्मान इससे कम न करते। पर, मैं जानता हूँ कि वह इन्द्र-शत्रु हैं। वह अपने देवों को सबसे बड़ा मानते हैं, विशेषकर पणि तो अपने शिश्न देव के सामने इन्द्र को भी नहीं गिनते। इन्द्र का अनुचर होने से मैं तुम्हारा सहायक हूँ। एक बात की तुम्हें चेतावनी देना चाहता हूँ। आज से सात दिन पश्चात् किलात आर्यों पर आक्रमण करेंगे। तुम्हें उनके साथ कठिन संघर्ष करना होगा।

दिवोदास पहले कौतूहल-वश गंधर्व-गृहीता कुमारी को देखने आया था। उसे ऐसी बातों पर उतना विश्वास नहीं था। पर, अब अविश्वास का कोई कारण नहीं था।

गंधर्व ने अतीत और वर्तमान की बातें बतलाकर सच्चाई का प्रमाण दे दिया। उसकी भविष्यवाणी को झूठा कैसे माना जा सकता था? चेतावनी काम की थी। यदि वह सत्य हुई, तो जिस उद्देश्य से यह यात्रा हो रही थी, वह भी पूरा होगा।

"अब मैं जा रहा हूँ"–कहकर गंधर्व चला गया। कुमारी शिथिल हो धरती पर पड़ गई। वह निःसंज्ञ, निश्चेष्ट-सी थी। उसके केशों की जड़ें भीगी हुई थीं। मुख पर स्वेद-बिन्दु थे। लोग उसे उठाकर घर के भीतर ले गये। दिवोदास अपने मित्रों के साथ आवास में चला गया।

वैसे होता तो मधुपर्क के सत्कार और सोमपान में घड़ियों बीत जातीं। पर आज शिष्टाचार के लिए ही कुछ शब्द कहे गये। दिवोदास के साथियों और ग्रामज्येष्ठों में किलातों के आक्रमण की आशका की ही चर्चा रही। किलातों की भूमि एक दिन के रास्ते पर पहाड़ों से नीचे आरम्भ होती थी। यहाँ वह केवल जाड़ों में चरिष्णु पुरियाँ बनाकर रहते थे। जाड़ा आने में अभी महीने से अधिक देर थी, पर कभी-कभी वह कुछ आगे-पीछे भी उत्तर आते थे। भरत जन और किलातों की सीमा स्पष्ट न होते भी अज्ञात न थी।

गंधर्व की चेतावनी न सुनी होती, तो क्या जाने दिवोदास सीमा पर पहुँचने का निश्चय न करता अथवा पूरी तौर से सजग होकर न जाता। आर्यों में सभी गंधर्व पर विश्वास नहीं रखते थे। आर्य इन्द्र के अनन्य भक्त माने जाते थे, पर कुछ इन्द्र के विषय में भी शंकालु थे। हाँ, विश्वास करने वाले अधिक थे। कुछ तो शपथ खाने वाले ऐसे भी तैयार थे, कि इन्द्र मयूर जैसे रोम वाले अश्वों के रथ पर सवार होकर आता है। वह सिर पर शिप्र (मुकुट) और हाथों में वज्र रखता है। उसकी मूँछ-दाढ़ी तपे सोने जैसी पीत वर्ण की होती है। उसकी ग्रीवा मांसल और उदर मेदयुक्त होता है। आर्य इन्द्र के स्वागत में गर्गर (गगरी का बाजा) बजाते, गोधा (ढोल) की ध्वनि करते। तो भी संदेह करने वाले कहते–किसने इन्द्र को देखा है, जिसकी हम स्तुति करें? वस्तुतः सन्देह करने वालों की संख्या और भी अधिक होती, यदि गंधर्व-गृहीताएँ देवों के अस्तित्व का प्रमाण न देतीं।

पुरुकुत्स ने किरातों की सात पुरियों को नष्ट कर, उनकी पर्वत-सानु की समतल, गोचर भूमि को छीन लिया था। उस समय कितना तुमुल युद्ध हुआ था, इसे आर्य अब

भी भूले नहीं थे। भरत भूमि (रावी, व्यास उपत्यका) के उत्तर की तराई के लिए भी वैसा ही संघर्ष करना पड़ेगा, इसमें उन्हें सन्देह नहीं था। यहाँ भी वही किरात थे और अपने अधिक वीर सेनानी शंबर के अधीन। छिट-पुट जो दो-चार लूट-पाट किरातों की ओर से हुई थी, उसका उतना महत्व न हो, पर यह असंदिग्ध था। ऊपर से किरातों की भूमि आर्यों के लिए अज्ञात थी, जिसके कारण वह अपने शत्रु को तुच्छ नहीं मान सकते थे। भरतों के पुरोधा ने पहिले ही कह दिया था, किलात शलभों जैसे हैं, वह मृत्यु से भय खाना नहीं जानते। मृत्यु का भय उनके लिए मृतों के साथ लुप्त हो जाता है।

किलातों की भूमि जितनी ही समीप आती जा रही थी, उतना ही आर्यग्रामों का अभाव होता जा रहा था। सीमा के पास तो आर्य वर्षा के अंतिम मासों में ही अपने पशुओं को लेकर जाते। उस समय वह भूमि नव शस्यश्यामला होती। सीमान्त के कुछ आर्यग्रामों को लूट कर किलातों ने अपने पौरुष का परिचय दिया था, पर यह हेमन्त में ही हुआ था। इससे समझा जाता था, कि किलात ग्रीष्म-वर्षा में नीचे नहीं रहते। कुछ ध्वस्त आर्य ग्राम रास्ते में मिले। दिवोदास तैयार होकर आया था। उसने परित्यक्त ग्रामों को फिर से बसाया। ऐसा करना आवश्यक था, क्योंकि आर्य सेना को यहीं से भोजन और युद्ध की सामग्री मिलती। यहीं पृष्ठचर सेना छोड़नी थी। परित्यक्त ग्राम ही नहीं बसाये, बल्कि सीमांत पर नये शिविर ग्राम रक्खे गये। पशुओं को तो किलातों की भूमि में भेजना युद्ध-घोषणा थी।

आर्य सारा दोष किलातों पर लगाते थे, पर वस्तुतः यह बात नहीं थी। सहस्रों वर्षों से किलातों की दो विचरण-भूमि थी। एक पर्वत पर और दूसरी पर्वत के नीचे तराई में। गर्मी न सह सकने के कारण वह वर्षा और ग्रीष्म को ठंडे पर्वतों पर बिताते, आगे बढ़ते-बढ़ते उन ऊँची अधित्यकाओं में (बुकयालों) पहुँच जाते, जो साल के दो-तीन मास ही हिमयुक्त होतीं। जाडों में जब सर्दी बढ़ती, भूमि हिम से आच्छादित होने लगती, तो वन्य पशु भी सर्द स्थानों को छोड़ नीचे उतरने लगते। भूरे ऋक्षों की तरह जो नहीं उतरते, वह किसी गुहा में 'छ-मासी' निद्रा लेने लगते। किलात वैसा नहीं कर सकते थे। वह अपने शिकारों का अनुसरण करते नीचे उतरते। किलात मुख्यतः मृगयाजीवी थे। पणियों, आर्यों की देखा-देखी वे भी कुछ-कुछ खेती करने लगे थे। उनकी कृषि नौसिखियों जैसी थी। पहाड़ी जंगल को काट-जला कर थोड़ी भूमि साफ

करते। उसमें बीज डाल देते। दो-तीन वर्ष बाद उसे छोड़ दूसरे खेत बनाते। वह खेतों के बन्धन में बंधने के लिए तैयार नहीं थे। यायावरी (घुमक्कड़ी) उनके रक्त में थी। यदि प्रतिदिन मृगया सुलभ होती, तो वह पशु भी न पालते।

यह कहना ठीक नहीं होगा, कि गंधर्व के कथनानुसार ठीक सातवें दिन ही भीषण संघर्ष हुआ। पर अंतर एक-दो ही दिन का पड़ा। दिवोदास ने मछली फँसाने के चारे की भाँति अपने कुछ घोड़े-गायों को किलातों की ओर छोड़ दिया। किलात इसे असाधारण बात अवश्य समझ सकते थे, पर उनको यह पता नहीं था कि शत्रु पूरी तैयारी करके आया है, तो भी उनकी ओर से जल्दी नहीं की गयी। उन्होंने अपने सबसे समीप के नायक शुष्ण के पास सन्देश भेजा। शुष्ण चकमे में आ गया और अपने योद्धाओं के साथ रात को तराई में पहुँचा। अगले दिन उसने चरने के लिए आये पशुओं को हँकवा लिया। चरवाहों ने भागकर दिवोदास को सूचना दी। तराई के ऊँचे वृक्षों और लम्बी घासों में होते कई सहस्त्रों आर्य अश्वारोही दौड पड़े। बीच के दल का नेतृत्व दिवोदास स्वयं कर रहा था और वाम पक्ष में कुत्स आर्जुनेय का दल था। अपनी संख्या का उन्हें पूरा उपयोग करना था, इसलिए दूर से घेरा डाल वह किलातों का सर्वनाश करना चाहते थे। पहिले भुज्यु का दल दिखाई पड़ा। किलातों ने उस पर आक्रमण कर दिया। सचमुच उनका युद्ध शलभों (टिड्डी) जैसा था। वह मरना जानते थे, हटना नहीं जानते थे, किन्तु संख्या का बल भुज्यु के पास था और साथ ही अधिक शक्तिशाली हथियार भी आर्यों के थे। बाणों के उपयोग का अवसर बहुत कम ही मिला, क्योकि वृक्ष और झाड़ियाँ बाधक थीं। वेग से दौड़ कर दोनों दल एक-दूसरे के पास पहुँच गये।

एक ओर भुज्यु शत्रु का संहार कर भारी क्षति पहुँचा रहा था। इसी समय दिवोदास और कुत्स की सेनाएँ पीछे की ओर से दस्युओं के पीछे पहुँच गयीं। शुष्ण तब भी हताश नहीं हुआ। क्षत-विक्षत होते हुए भी वह आर्य दल के छक्के छुड़ाता रहा। जब दस-बारह ही रह गये, तो किलात नायक अपने सेनानी को बेहोश ले पीछे की ओर भागे। लड़ाई 5-6 घड़ी से अधिक नहीं हुई। पर, इतने ही में तराई की अरण्यानी ने ऐसा दृश्य देखा जो अभूतपूर्व था। इधर मानव एक-दूसरे को ललकारते प्रहार कर रहे थे, दूसरी ओर जंगल के वास्तविक स्वामी उसे सुखद तमाशा नहीं मान रहे थे। सिंहों को

अनायास ही अनेक अश्व मिल रहे थे, पर वह उनकी ओर लोभान्वित दृष्टि से देखने का साहस नहीं कर सकते थे। हाथियों को खाने के लिए नहीं, तो मारने के लिए इतने शत्रु विद्यमान थे। ऐसे शत्रु जिन्होंने उनकी विशाल भूमि को छीन कर अपनी गोचर भूमि बना लिया था। पर, उन्होंने कुछ नहीं किया। व्याघ्र भी भागकर आये हरिनों की ओर दृष्टिपात न कर, मानव-कोलाहल की ओर ध्यान लगाये थे। छोटे-छोटे जन्तुओं की तो बात ही क्या? सभी जंगल छोड़ जिधर सींग समाये, उधर भागे जा रहे थे। पर जंगल छोड़ जाते कहाँ? जहाँ युद्ध का कोलाहल सुनाई देता था और जितनी दूर तक भागे जाते, प्राणियों के पदचिह्न दिखाई देते थे, वहाँ के सभी प्राणियों के पैर मानो अपने आप चल पड़े थे।

दिवोदास की किलातों के साथ यह पहिली भिड़न्त थी और उसकी पूर्ण विजय हुई। पर इसे वह बहुत सुन चुका था। अपनी भूमि में आकर धोखे से पीतकेशों के इस प्रहार को वह सहन करेगा, इसकी सम्भावना नहीं थी। युद्धक्षेत्र में गिरे शत्रुओं में अधिकांश मृत थे। आहत भी पास आये, पीतकेशों पर घायल सिंह की भाँति प्रहार किये बिना नहीं रहते थे। वह न स्वयं दया दिखलाते, न अपने शत्रुओं से उसकी आशा रखते थे। युद्धभूमि में शत्रुओं के बहुत से हथियार हाथ आये और कितनी ही खान-पान की सामग्री भी।

भुज्यु की रक्षा

[1197 ई०पू०]

"इन्द्रस्य दूतीरिषिता चरामि मह इच्छन्ती पण्यां निधीन् वः"
–(ऋक्० १०।१०८।२)

–"सरमा, क्या इच्छा करके तुम (उस रास्ते से) आई, जो नाना स्थानों को जाने वाला दूर का मार्ग है? हमसे क्या चाहती हो? कैसे तुमने रसा (नदी) के जल को पार किया?"

–यह प्रश्न पणि लोग एक पीतकेशी नारी से पूछ रहे थे।

सरमा यद्यपि देखने में 40-45 वर्ष से अधिक की नहीं ज्ञात होती थी, पर उसके बाल सारे श्वेत थे। तो भी उसके मुख पर न झुर्रियाँ थीं, न चमड़े पर सिकुड़न, न गात्र में कंप। ताम्रवर्ण पणियों के बीच ऊँचे आसन पर बैठी पूर्णतया स्वच्छन्द सरमा गंभीर मुद्रा में दिखाई पड़ती थी। क्यों न हो, वह उस जाति की थी, जिसका एकक्षत्र राज्य सारे सप्तसिन्धु पर था। वह मुख्य आर्य-निवास से बहुत दूर यहाँ आई थी, पर पणियों के व्यवहार से ज्ञात होता था, कि वह केवल भय के कारण उसे सम्मान नहीं प्रदर्शित कर रहे थे, उनके चेहरों और आँखों के सौम्य भाव को देखने से यह जान पड़ता था।

सरमा आर्य-नारी थी। आर्यों का औद्धत्यपूर्ण अभिमान उसमें नहीं था, यह नहीं कह सकते। वस्तुतः पणि उसके उपकार को भूल नहीं सकते थे। वह किसी बात को मुँह से बेलाग कह लेती थी, जिसमें कभी-कभी कठोरता भी होती, पर उसका हृदय बहुत कोमल था। जिस समय पणियों या किलातों पर आर्यों का भीषण कोप होता, वह सैकड़ों को घास की भाँति काटने के लिए सन्नद्ध होते, उस समय यदि सरमा वहाँ पहुँच जाती, तो सब के प्राण बच जाते। उपकृत भला इसे कैसे भूल सकते थे?

दुखियों, दीनों के प्रति उसका पक्षपात था, पर अपने लोगों का अहित करके नहीं। जहाँ पचासों सैकड़ों आर्य वीरों के प्राणों को गँवा देना होता, वहाँ उसका काम था। उसकी निर्भीकता का प्रमाण तो यहाँ उसकी उपस्थिति बतला रही थी।

आर्यों में नर-नारी परस्पर बहुत स्वच्छन्दता बरतते थे। निःसंकोच एक-दूसरे से मिलते। कन्या की इच्छा के बिना पिता-माता जिसे चाहे, उसे नहीं दे सकते थे। पर, साधारण आर्य नारी की स्वतंत्रता और सरमा की स्वतंत्रता में बहुत अन्तर था। वह अपने साथ चलने वाले समूह की अधिष्ठात्री थी, मनुष्य रूप में नहीं, प्रत्युत देव के रूप में। वह देवताओं का साक्षात् करती है, यह भी प्रसिद्ध था। उसके साथ बीसियों अनुचर होते, जिनमें दो-चार को छोड़ सभी पणि या निषाद होते, स्त्री और पुरुष दोनों। उसके साथ स्वागत के लिए प्रतिस्पर्धा करते प्रस्थान करते समय पणि लोग पशु या धन के रूप में भेंट देते। सरमा का अस्थायी आवास जंगल था। किसी भी जाति के दीन-हीन स्त्री-पुरुष उसके सामने हाथ पसार कर रिक्त हस्त नहीं लौटते थे। आवास पर पहुँचने से पहिले ही भोजनशाला की अग्नि जल जाती और वहाँ से प्रस्थान करते समय ही वह बुझने के लिए छोड़ी जाती। बड़े-बड़े हंडों में मांस पकता, खूब उबाला जाता, अपूप (रोटियाँ) बनने लगतीं। सत्तू का ढेर लग जाता। आर्य सत्तू के प्रेमी थे। पर, सरमा के महानस में चावल भी पकता, गेहूँ की रोटियाँ भी बनतीं। भैस-प्रेमी पणियों के लिए भैंस का मांस भी राँधा जाता। सरमा का लंगर सबके लिए खुला रहता था। सरमा सारे सप्तसिन्धु में क्यों इतनी जनप्रिय थीं? वह अज्ञातशत्रु थीं, इसका यह भी एक कारण था।

साठ से ऊपर होकर आज भी उनका सौंदर्य दर्शनीय था। यौवन में वह अत्यन्त सुन्दरी नारी रही होंगी, इसमें सन्देह नहीं। क्या उस समय उनके सौंदर्य पर मोहित होने वाले तरुण नहीं रहे होंगे? अवश्य थे। पर, आंगिरस कुल की इस जन-कल्याणी को विवाह का संकल्प छोड़ना पड़ा। इसका कारण था, जिस तरुण को वह चाहती थीं, जो इसे प्यार करता था, दोनों के प्रणय में स्वजन बाधक हुए। इसी बीच पणियों की गायों की लूट में गया तरुण घायल हो, बन्दी बना। उसे छुड़ाने के लिए आर्यों का भारी दल गया। पर, वह उसे जीवित नहीं पा सका। सरमा उस समय 20 वर्ष की थी। उसकी बुद्धि अपरिपक्व नहीं थी। अपने प्रेमी की मृत्यु का समाचार सुनते ही उसने

अपने मन से विवाह का विचार सदा के लिए निकाल दिया। तभी से वह ऊपर से कठोर दिखाई देने लगी। वह अपना जीवन दुखियों की सहायता के काम में लगाती है। वह अपने दुःख से अनुभव करने लगी, काले-गोरे, पीले-ताम्र, आर्य-किरात-निषाद सभी दुःख और अभाव का एक-सा ही कटु अनुभव करते हैं। दूसरे के दुःख को हटा उसे प्रसन्न देखने में सरमा आनन्द का अनुभव करती। अब यही उसके जीवन का उद्देश्य बन गया था। उसका जीवन लोगों के लिए विचित्र आख्यान बन गया था। लोग उसे बढ़ा-चढ़ाकर कहते, सुनते। पणि अपने पँवाड़ों में उसे महामाता, पृथिवी माता का रूप मानते थे।

सरमा सदा घूमती ही रहती। अब के वह शतद्रु और परुष्णी के संगम को पार कर सुदूर दक्षिण चली आई थी। वहाँ से धन्व (महामरुभूमि) कुछ ही दिनों के मार्ग पर आरंभ होती थी। इधर आर्य-ग्राम बहुत कम थे। पर सरमा ने आना आवश्यक समझा, क्योंकि इधर आर्य और पणियों के सम्बन्ध बहुत बुरे हो चुके थे। वैसे पणि अपने शासकों के शासन का उल्लंघन करने का साहस नहीं करते थे। पर सहन की भी एक सीमा होती है। आर्यों को भी बहाना मिल गया था। वह उनके सर्वनाश पर तुले हुए थे। सर्वनाश करना उनके देवताओं के भी बस की बात नहीं थी, क्योंकि पणियों की संख्या लाखों थी। अकारण इतने लोगों को मारकर मांस का ढेर बनाना आसान नहीं था। ऐसा करना भारी क्षति की बात थी, क्योंकि पणि उनके लिए धेनु गाय से बढ़कर थे। उनकी कृषि और पशुओं में आर्यों का भाग था। उनके शिल्प और व्यापार में आर्य सामन्त अपने सुख-विलास की सामग्री अनायास प्राप्त करते थे। पणि आयुधकार सुन्दर और शक्तिशाली अस्त्र-शस्त्र आर्यों के लिए तैयार करते। अतएव उनका सर्वनाश आर्य कैसे कर सकते थे? सरमा आर्यों के कोप को जानती थी। उसी से बचाने के लिए वह इस शरद में आई थी। यहाँ चारों ओर पणियों के ही ग्राम-नगर दिखाई देते थे। इन्हीं के ऐश्वर्य की कथा सुनकर आर्य आग और असि ले इधर आने को उद्यत थे। सरमा ने सोचा था, आर्यों को यदि वांछित धन अप्रयास मिल जाये, तो वह अपनी तलवारों को म्यान से बाहर नहीं निकालेंगे।

पणियों का आतिथ्य स्वीकार कर यहाँ रहते सरमा को दो-तीन दिन हो गये। उसकी सम्मति को सुनने के लिए दूर-दूर से पणि सरदार एकत्रित हुए थे। पर, दोनों

जातियों के सम्बन्ध इतने कटु हो गये थे, कि सरमा की बात उनके गले से नीचे नहीं उतर रही थी। सरमा "इन्द्र की दूती" –आर्यों की दूती–कह रही थीं–

–हे पणियों, मैं इन्द्र की दूती होकर तुम्हारी भारी निधियों को ढूँढ़ने आई हूँ। इन्द्र के भारी भय ने मुझे बचाया। इस तरह मैं रसा के जल को पार हुई।

पणियों के एक बड़े सरदार ने हँस कर कहा–सरमा, तुम हमारी भारी निधियों को ढूँढ़ने नहीं आई, तुम्हारे हृदय को हम जानते हैं।

–नहीं मैं उसी के लिए आई हूँ, इन्द्र की आज्ञा से आई हूँ।

–सरमा, बताओ तो सही, यह इन्द्र कैसा है, जिसकी दूती बनकर तुम दूर से आई? उसी को भेज दो ना, हम इन्द्र को अपना मित्र बनायेंगे। वह हमारी गायों को चरायेगा। जितनी गायें चाहिए, जितनी निधि चाहिए, सब उसे हम देंगे।

–वह इन्द्र अजेय है। उसके मार्ग को गहरी नदियाँ भी रोक नहीं सकतीं। उसके वज्र से निहित हो तुम सारे सो जाओगे, सरमा ने गम्भीरता दिखलाते हुए कहा।

सरदार ने फिर कहा–हे सुभगे, हमारी गायें दिगंत तक फैली हुई हैं। उनको ही लेने के लिए तुम्हें इन्द्र ने भेजा है न? इन्द्र का नाम तो यूँ ही लिया जाता है! लोलुप पीतकेशों ने तुम्हारे मुँह से धमकी दी है। पर युद्ध के बिना हमारी गायों को कौन छू सकता है? हमारे आयुध तीक्ष्ण हैं, अति तीक्ष्ण!

–हाँ, इसे कौन नहीं जानता? पीतकेशों के भी सबसे तीक्ष्ण आयुध तुम्हारे ही हाथों से बनते हैं। सरमा की वाणी इस समय बहुत मृदु थी। उसने आगे कहा–पर पणियों, उन हथियारों का ठीक से उपयोग तुम नहीं ले सकते और तुम्हारे शरीर आर्यों के बाणों से अभेद्य नहीं हैं, वृहस्पति देव भी तुम्हारे विरुद्ध आर्यों की सहायता करने के लिए तैयार हैं।

–कोई भी सहायता करने को तैयार हो, सरमा हमारी निधियाँ पर्वतों में छिपी हैं। हमारे अश्वों, गायों, निधियों की रक्षा हमारे योद्धा कर रहे हैं, वहाँ जा पहुँचना कठिन है। पहुँचने पर भी उन्हें कोई पा नहीं सकता।

सरमा ने विहँस कर कहा–सो तो तुम ठीक नहीं कह रहे हो। जिस अयास और आंगिरस, नवगू और योद्धा सोम में मस्त होकर आयेंगे, तो कोई उनके सामने टिक नहीं सकेगा। वह तुम्हारे धन को छीन ले जायेंगे। तुम्हारा भयंकर संहार करेंगे। तुम्हारा बढ़-बढ़ कर बोलना बकवास से बढ़ कर नहीं है।

–हे सरमा, तुम्हें पीतकेशों ने यहाँ आने के लिए बाध्य किया है। कोई बात नहीं, तुम लौट कर मत जाओ। हम तुम्हें अपनी बहिन बनाते हैं। हे सुभगे! जितनी चाहो, उतनी गायें हम तुम्हें देंगे। बताओ, तुम्हें क्या चाहिए? हम अनेक बार तुम्हें गायें दे चुके हैं, तुम उन्हें हमारे ही याचकों में बाँट चुकी हो! सरमा! हमारी स्वसा (बहिन) बन यहाँ रहना स्वीकार करो।

–पणियों, मातृत्व और स्वसृत्व से कोई काम नहीं बनेगा। इन्द्र और आंगिरस तुम्हारी गायें और निधियाँ माँगते हैं। वह तुम्हें नहीं छोड़ेंगे। तुम यहाँ से दूर भाग जाओ। मैं तो यहाँ से चली।

पणि दूर भागकर कहाँ जाते? फिर वह केवल पशुओं के ही धनी नहीं थे। उनके ग्रामों और नगरों में अपार संपत्ति भरी पड़ी थी, जिसे उन्होंने वर्षों नहीं, पीढ़ियों में कमाया था। बिना संघर्ष के सबको छोड़कर वह खुशी से कैसे भाग सकते थे?

पणियों के साथ का यह संघर्ष साधारण लूट नहीं था। यह इसी से ज्ञात होगा, कि सरमा को भी समझौता कराने में सफलता नहीं मिली। सप्तसिन्धु के दक्षिण-पश्चिम अंचल में जहाँ पणियों की संख्या अधिक थी, आग लग गई! कल तक भीरु दिखाई देने वाले आज लड़ाकू बन गये थे। मरता क्या न करता? वह यदु-तुर्वश की भूमि के समीप पड़ते थे। असफल होने पर सभी आर्य-जन टूट पड़े। दिवोदास उनका नेता बना। कई संघर्षों में बुरी तरह हराती, अब आर्य वाहिनी यहाँ पहुँच गई थी। निम्न सिन्धु के पूर्व में कितनी ही दूर हटकर जो पहाड़ियाँ है, वह पणियों के दुर्ग का रूप धारण कर चुकी थीं। इनके पास ही पूर्व में धन्व (मरुभूमि) भी रक्षा का काम दे रही थी। अपने ऊँटों पर चढ़कर पणि मरुकान्तर में कहीं भी भाग सकते थे। जल वनस्पतिहीन इस भूमि में आर्यों के घोड़ों की शक्ति व्यर्थ हो जाती। अभी भी उत्तर के (हिमवन्त) पर्वत पर किलातों के साथ संघर्ष चल रहा था। वहाँ दिवोदास का रहना अत्यावश्यक था। आर्यों को उत्तर और दक्षिण दोनों मोर्चों पर लड़ना पड़ा। उनका सौभाग्य था जो पणियों और किलातों ने आपस में मिलकर शत्रु से लोहा लेने का प्रबन्ध नहीं किया। यह जातिभेद और स्थानों की दूरी के कारण ही नहीं हो सका। आर्यों के पास वीर सेनानियों का अभाव नहीं था। दिवोदास ने अपने सबसे योग्य सेनानी श्याव-पुत्र तौग्य भुज्यु को दक्षिणी मोर्चे का सेनापति नियुक्त किया। भरतों की भूमि से दक्षिण दूर तक

उससे डटकर लड़ने वाला कोई नहीं था। पर वह जितना ही आगे बढ़ता गया, उतनी ही उसकी कठिनाइयाँ बढ़ती गयीं। पणियों को ज्ञात हो गया, कि पीतकेश जीतकर हमारे घरों की सारी सम्पत्ति लूट कर आग लगा देते है। इसलिए जो धन लेकर वह भाग नहीं सकते थे, उसे वह घर सहित जला देते थे। यही नहीं, इस अंचल में बसे आर्यों को चल-अचल ग्राम भी दस्युओं की आहुति बनाने लगे।

भुज्यु की सेना समय पर अपने भाइयों की सहायता के लिए नहीं पहुँच सकी। अब वह निरीह पणियों पर अपनी तलवार चलाकर गुस्सा शान्त करने की कोशिश करती थी। यदि पणि सौ मारे जाते, तो दस आर्य भी जान खोये बिना नहीं रहते।

भुज्यु की सेना को नरों का ही मुकाबिला नहीं करना पड़ रहा था, बल्कि पणियों ने अपनी भूमि को खाली करके उसके रास्ते में कठिनाई पैदा कर दी थी। आर्यों को साथ में पूरी रसद लेकर चलना पड़ता था। जंगल में छिपे पणि अवसर पा उन पर हमला कर देते। भोजन का ही दुःख नहीं था; पानी के लिए भी उन्हें कठिनाई थी। पणि अक्सर कुओं में विष डाल देते थे। इसलिए फूंक-फूंक कर पैर रखना पड़ता था। अधिकतर डेरे नदियों के किनारे पड़ते। यह भुज्यु ही का काम था कि वह इतनी कम हानि उठा दस्युओं को पीछे ढकेल रहा था। पणि नगरों की लूट में बहुत-सा रत्न और सुवर्ण हाथ में आया। कुछ को लूटने वाले योद्धाओं में बाँटकर उनमें से कितना ही दिवोदास के पास पहुँचता जिसे देखकर आँखें चौंधिया जातीं। पणियों के पास इतना धन होगा, इस पर विश्वास नहीं होता था।

सारे के सारे पणि आर्यों के अधीन नहीं थे। अभी भी समुद्र तट और सिन्धु के सुदूर पश्चिम बहुत से भूखण्ड थे, जहाँ के पणि आर्यों को जानते भी न थे और न उनके शासन के खट्टे-मीठे का परिचय रखते थे। पीतकेशों के अत्याचारों की खबर, अब उनके पास तक पहुँच गई। वह अपने भाइयों की सहायता के लिए भारी संख्या में आ पहुँचे। ये सप्तसिन्धु में रहने वाले पणियों की तरह के दब्बू या नरम स्वभाव के नहीं थे। इनका लोहा भी बहुत मजबूत था। आर्यों के घोड़ों से मुकाबिला नहीं हो सकता था। पर, जहाँ नदियाँ थीं, वहाँ उनकी नावों के सामने आर्यों के घोड़े निर्बल थे। सौ-सौ पतवारों वाली नावों में कई सौ सैनिक बैठ कर बड़ी फुर्ती से एक जगह से दूसरी जगह पहुँच जाते।

भुज्य की सेना बढ़ते-बढ़ते उन पहाड़ियों के पास पहुँच गई, जहाँ सरमा के कथनानुसार पणियों की अपार निधियाँ रखी हुई थीं। पहाड़ पर चढ़कर देखा, एक ओर भयावनी रेगिस्तान की निर्जन भूमि थी, दूसरी ओर खूब हरे-भरे खेत। धान कटे खेत खाली दिखते थे। पर जौ, गेहूँ और दूसरी फसलों की हरियाली देखकर आँखें खुश हो जाती थीं। सूखा रेगिस्तान और अत्यन्त हरी शस्यावली दोनों एक-दूसरे से बिल्कुल उलटे दृश्य थे। इसी हरियाली में जहाँ-तहाँ पणियों के विशाल गाँव थे। उनकी जनसंख्या पहिले से बहुत बढ़ गई थी। भगेलू लोग भी यहाँ शरण लिये हुए थे। गाँवों को देखकर आर्य बहुत प्रसन्न होते थे, क्योंकि अब तक ऐसी जगहों में उन्हें कड़े मुकाबिले की जरूरत नहीं पड़ी थी, लेकिन, पहाड़ के आरम्भ होते ही उन्हें अपनी धारणा छोड़नी पड़ी। यहाँ के निहत-आहत शत्रुओं को देखकर यह मालूम हो गया, कि यह दूर से आये लड़ाकू लोग हैं। पणि लड़ने में निर्भीक जरूर थे। पर उनको हथियार चलाने का उतना अभ्यास न था। नेताओं की तो उनमें और भी कमी थी। पर, अब वह नेतारहित नहीं थे। पग-पग पर मुकाबिला करते वह जहाँ पहुँचे थे, वहाँ के किले में पणियों का सबसे कुशल सेनानी स्थित था। पहाड़ी दुर्ग खूब मजबूत था। जहाँ भी मोर्चाबन्दी हो सकती थी, उसे दृढ़ बना दिया गया था। भुज्यु को अभी इतनी जन-हानि उठानी नहीं पड़ी थी, जितनी कि पिछले एक सप्ताह के संघर्ष में। वह देख रहा था, यदि यहाँ पणियों को पूरी तौर से परास्त कर दें, तब भी इस भूमि पर हम अधिकार नहीं रख सकेंगे। आर्यजनों में कोई अपनी भारी संख्या को यहाँ भेजने के लिए तैयार नहीं होगा। इसे हमें यूँ ही छोड़ के चला जाना होगा। यहाँ से यूँ ही लौट जाने का अर्थ था, हार स्वीकार करना।

आदमियों के न मिलने पर आर्यों ने उनके खेतों में थोड़े और पशु छोड़ दिये। खाने और दूसरे उपयोग के लिए पशु उनके पास पहुँचते रहते थे। उन्होंने देखा गिरि दुर्ग में युद्ध की ही नहीं, बहुत-सी खाद्य-सामग्री भी एकत्रित है। पर, जब तक उस पर अधिकार नहीं किया जा सकता, तब तक शत्रु की कमर तोड़ी नहीं जा सकती। यह भी कठिनाई धी, शत्रु का भेद जानने के लिए उनके पास कोई अच्छा साधन न था। आर्यों और पणियों के वर्णों में इतना अन्तर था, कि आर्य अपने को छिपा नहीं सकते थे। कितनी ही संकर सन्ताने थी, पर आर्यों का उनके साथ जैसा बुरा बर्ताव था, उससे

वह मन से उनकी सहायता नहीं कर सकते थे, न उनके ऊपर उतना विश्वास किया जा सकता था। एक से अधिक बार आर्य अश्वारोही गिरिदुर्ग के नीचे तक पहुँचे और अपने अश्वों को वहाँ छोड़ पहाड़ी पर चढ़ने लगे। चढ़ाई ऐसी खड़ी थी कि कितने तो यों ही लुढ़क कर नीचे आ गये। दूसरों को पत्थर फेंककर मारने या भागने के लिए दस्यु बाध्य करते। रात को भी भुज्यु का प्रयास निष्फल गया।

भुज्यु ने आर्य सूरियों की बैठक में कहा–हमें संकर पणि शम्बू की बात की परीक्षा करनी चाहिए। वह कहता है, मरुभूमि की ओर से चलकर दुर्ग पर पहुँचा जा सकता है–लेकिन, अर्द्ध-पणि पर विश्वास करना क्या बुद्धिमानी का काम होगा?–एक सूरि ने कहा।

–सो तो ठीक है, मरुभूमि में जाने पर क्या जाने क्या संकट हमारे ऊपर आये ? पर दूसरा मार्ग भी तो नहीं है।

रास्ता एक दिन से अधिक धन्व (मरुभूमि) से होकर जाता था। वहाँ वस्तुतः रास्ते का कोई चिह्न नहीं था और शम्बू के भरोसे उसे पार करना था। यदि वहाँ छिपे शत्रुओं के आक्रमण का डर भी न हो, तो भी भटक जाने पर मरुकान्तार में सभी को भूख-प्यास से मर जाना पड़ता।

भुज्यु खतरे को मोल ले, स्वयं ऊँट पर बैठ मार्ग-दर्शक को अपने आगे बैठा चल पड़ा। घंटा भर चलने के बाद वह मरुकान्तार की सीमा पर पहुँचे। अभी तक कभी उन्होंने अपनी आँखों से मरुभूमि नहीं देखी थी। सुनने से जो कल्पना उनके मन में उठी थी, वह सामने के दृश्य से कहीं मधुर थी। पास के जंगल में उन्होंने डेरा डाल दिया। दिन में रेगिस्तान की यात्रा ठीक नहीं होती, यह मार्गदर्शक से मालूम था। साथ ही रास्ते का सारा प्रबन्ध, यहाँ तक कि पानी के मशकों को भी यहीं से ऊँटों पर ढोकर ले जाना था। भेद न खुले, इसलिए मार्गदर्शक को छोड़कर दूसरी जाति का कोई आदमी नहीं लिया गया। दिन भर लोग जहाँ-तहाँ छिपे पड़े रहे, कोसों तक कोई बस्ती नहीं थी। इसीलिए किसी आदमी से मुलाकात नहीं हुई। दिन के तीसरे पहर धूप मुलायम हो चली। इसी समय ऊँटों का सार्थ (कारवाँ) रवाना हुआ। हरेक ऊँट पर दो-दो सवार थे। घंटा भर चलने के बाद उन्हें नीचे बालू की भूमि और ऊपर केवल स्वच्छ नीला आकाश दिखाई पड़ा। कहीं प्राणियों के पदचिह्न नहीं थे। हवा ने बालू की लहरें उसी

तरह बना दी थीं, जैसे वह जलाशय में बनाती है। सूर्यास्त होते-होते भुज्यु और उसके साथियों को दिशा का ज्ञान नहीं रहा। क्या जाने शम्बू दुर्ग की तरफ न ले जा, रेगिस्तान की ओर ले जा रहा हो। भुज्यु की हिम्मत भी विचलित होने लगी। उसने पूछा–

–हम ठीक तो चल रहे हैं?

–बिल्कुल ठीक चल रहे हैं। मैं इस रास्ते एक से अधिक बार आ चुका हूँ और जिस ऊँट पर हम चढ़े हैं, वह कभी भटक नहीं सकता–शम्बू ने कहा।

भुज्यु सोचता था, आखिर मुझसे अधिक ऊँट के पास आँख-कान नहीं, न बुद्धि ही है। ऊँट क्या मनुष्य से ज्यादा जानकार हो सकता है? पर, अब तीर हाथ से छूट चुका था। यदि यह लौटने का प्रयास करता, तब भी शम्बू पर ही विश्वास करना पड़ता। उसे यह भी मालूम था, कि शम्बू को भी अपने प्राणों का मोह कम नहीं है।

आधी रात तक चुपचाप वह उसी तरह चलते रहे। न काफिले में से कोई बोलता था, न उस प्राणीहीन भूमि में कहीं से शब्द आ रहे थे। ऊँटों के मुलायम पैर नरम बालू पर पड़कर आवाज नहीं निकाल सकते थे। वह नीरवता भी असह्य मालूम होती थी। जब शम्बू ने तारा देख ठहरकर विश्राम करने के लिए कहा, तो लोगों के हृदय पर से एक बड़ा भार उतरा-सा जान पड़ा। मार्गदर्शक के कहे अनुसार दुर्ग इतना दूर था, जिसे दो घंटा रात रहते चलकर पहुँच सकते थे। उन्हें तीन घंटा खाने और विश्राम करने के लिए मिला था। आस-पास कहीं शत्रु की संभावना नहीं थी, इसलिए उनके गूँगे गले खुल गये। भुज्यु ने इसके लिए स्वयं अगवानी करके प्रोत्साहित किया। लोग हँसने-बोलने लगे। खाने-पीने की चीजें उतार दी गई। चाँदनी रात थी, जो सफेद बालू पर और भी अधिक चमकीली मालूम होती थी। इन्द्र की महिमा गाते लोगों ने साथ लाये उबले मांस और सत्तू का भोजन किया। उसके बाद सोम के चषक उठे। भुज्यु ने उसके लिए मर्यादा बाँध दी थी। इसलिए किसी को पागल बनने की सम्भावना नहीं थी।

सब मुर्दे की तरह नींद में सो गये, पर भुज्यु बहुत कम सो सका। समय पर सारे उठ खड़े हुए। यहाँ से सबको हथियारबन्द हो चलना था। रात से लाभ उठाकर वहाँ पहुँचते ही दुर्ग पर आक्रमण कर देना था। पथ-प्रदर्शक तारों को देखकर दिशा का निर्देशन करता आगे-आगे चल रहा था। वह सीधे पश्चिम की ओर जा रहे थे। धन्व (मरु) का

नजदीक का छोर उसी ओर था। अभी भी उनके हृदय को पूरा सन्तोष नहीं था। तीन घड़ी बजने के अनन्तर पश्चिमी क्षितिज पर काले बादलों की भाँति पर्वत-श्रेणी दिखाई पड़ी। अब शंका से घुटते हृदयों में प्राण का संचार हुआ। यद्यपि शम्बू के सामने किसी ने अपने सन्देह को प्रकट नहीं किया था, पर उसे सब ज्ञात था। उसने बड़े उल्लास के साथ उस काली रेखा को दिखलाया। पूर्वनिश्चय के अनुसार यहीं कितनी ही सामग्री और अनुपयोगी ऊँटों को कुछ अनुचरों के साथ छोड़ दिया गया। केवल योद्धा ही ऊँटों पर चढ़ आगे बढ़े। धन्व सचमुच दुर्ग के पास तक चला गया था। समीप पहुँचने पर बालू के गर्भ से निकली चट्टानें मिलीं। दुर्ग की दीवारें अब स्पष्ट दिखाई पड़ रही थीं। इधर की पहाड़ी अधिक ढलुआँ थी। ऊँटों से उतर कर वह प्राकार की ओर बढ़े। नीरव रात्रि में पहाड़ी पर चढ़ते उनके पैरों की आहट कुछ सुनाई अवश्य पड़ती; पर, वहाँ किसको पता था, कि इस दुर्गम और अज्ञात मार्ग से शत्रु चले आयेंगे।

इस पणि-दुर्ग को किसी समय आर्यों ने जीता था, पर उस पर अधिकार नहीं कर पाये थे। उन्हें यह भी ज्ञात नहीं था, कि पणियों ने उसे सुदृढ़ बना लिया है। तो भी इस ओर की दीवार न उतनी दृढ़ थी, न दुरारोह। भुज्यु और उसकी सेना को उसे फाँदने में कठिनाई नहीं हुई। दुर्ग के भीतर पर्याप्त शत्रु सैनिक थे। पता लगते ही वह दृढ़ता के साथ सामना करने लगे। पर, स्थान संकीर्ण था, इसलिए वह अपने संख्या-बल का अच्छी तरह उपयोग नहीं कर सकते थे। प्रातः होते समय आर्यों को सविता के प्रकाश की उषा की भी सहायता प्राप्त हुई। शत्रु एक-एक अंगुल के लिए लड़े। वह ललकार कर पीतकेशों पर कुन्त और असि से प्रहार करते। याम मात्र दिन चढ़ते-चढ़ते दस्यु परास्त हो गये। भुज्यु, पणि-सेनानी का नाम पहिले से ही जानता था। उसे आशा थी, कि उसे हत या आहत यहाँ पकड़ा जा सकेगा। दुर्ग में पहुँचते ही आर्यों ने एक ऊँचे स्थान में अपनी उपस्थिति की सूचना देते आग जला दी थी। पीछे पणि-सेनानी निकल भागने में सफल हुआ। भुज्यु के सैनिकों ने अपने कोध का बदला, वहाँ बच रही जनता पर अत्याचार करके लिया।

आर्य तब तक अपनी सफलता को विजय नहीं कह सकते थे, जब तक कि वीर पणि-सेनानी, अपराजित, अनुगृहीत था और जब तक उसका सैन्य-बल सिन्धु-उपत्यका में विद्यमान था। भुज्यु को उसका पीछा करने के अतिरिक्त कोई

चारा नहीं था। इतना समय भी नहीं था, कि और कुमुक की प्रतीक्षा करता। वेगवान अश्वारोहियों द्वारा उसने दिवोदास के पास सफलता का समाचार भेजा। लूट के धन का कितना ही भाग भी उधर रवाना किया। फिर वह पणियों के पीछे बढ़ा। उसे पता लगते देर न लगी, कि पणि सरदार नावों से पीछे हट रहा है। सिन्धु तीन-चार दिन के रास्ते पर थी, पर इस भूमि में घोड़ों का अच्छी तरह उपयोग किया जा सकता था। क्षण भर की देर किये बिना आर्य घुड़सवार पणियों के पीछे दौड़ पड़े। पणियों के पास भी घोड़ों का अभाव नहीं था, पर वह उतने अच्छे न थे, न उनके सवार ही अधिक चतुर थे। घोड़ों की टापों के चिह्न ने बतला दिया था, कि शत्रु किस रास्ते भाग रहे हैं? सारा दस्यु-दल सिन्धु के तट तक नहीं पहुँचा था, कि आर्य आ धमके, तो भी सेनानी नाव पर पहुँचने में सफल हुआ। उसके कुछ सैनिकों ने आर्यों को संघर्ष में फँसाये रक्खा। यह उनका सौभाग्य था, कि पणि कितनी ही बड़ी नावों को अपने साथ ले जाने में कृतकार्य न हुए, न उन्हें नष्ट कर सके।

आर्य सवार सिन्धु के दोनों तटों से पीछा करने लगे। कुछ घोड़े अपने सवारों के साथ एक बड़ी नाव पर चढ़ाये गए। भुज्यु भी एक महानौका पर था। गति निर्बाध नहीं हो सकती थी, क्योंकि सिन्धु के किनारे के सभी नगर-निगम दुर्गबद्ध थे। उनके नष्ट किये बिना आगे बढ़ना बुद्धिमानी का काम नहीं था। पणियों ने मानो, पहिले ही इसे सोच रक्खा था। सेनानी ने स्वयं भी जहाँ-तहाँ पीतकेशों का प्रतिरोध किया, पर उनकी नीति अब हथियार के बल पर शत्रुओं को हराने की नहीं थी। वह अपनी माया से उनका सर्वनाश करना चाहता था।

बढ़ते-बढ़ते एक दिन आर्य समुद्र-तट पर बसे एक बड़े पणि-नगर में पहुँचे, कई पीढ़ियों पहले ही एक बार आर्यों की ध्वजा इस नगर पर फहराई थी। उसके बाद पणि आर्यों के पास बलि भेजते रहे। नगर उनके लिए दूसरे लोक की बस्ती थी। उसके अपार धन की अतिरंजित ख्याति विश्वसनीय नहीं हो सकती थी, तो भी पणि महान् व्यापारी थे, स्थल और नदी के ही नहीं, बल्कि समुद्र के भी। उनके पोत समुद्र में होते, बवेरू और आगे तक की यात्रा करते थे। वाणिज्य द्वारा द्वीपान्तर की लक्ष्मी पहिले इसी नगर में आती थी। यहाँ सामुद्रिक सार्थवाहों के विशाल प्रासाद थे, जिनका वैभव ताम्रयुग के लिए आश्चर्य की बात थी। नगर के पणि-सेनानी ने जमकर प्रतिरोध

करने का निश्चय नहीं किया था। उसका प्रयत्न इतना ही रहा, कि आर्यों को रोक कर धन-जन को अधिकाधिक अपने साथ ले जा सके। वहाँ हजारों समुद्रगामी पोत बराबर आया-जाया करते थे। वह इतने नहीं थे, कि नगर के चौथाई लोगों को भी ढो सकें। केवल धनाढ्य सार्थवाहों और उनके परिवार को ही पोतों में स्थान मिला। पणि पीतकेशों से दया की आशा नहीं कर सकते थे। उनके लिए एक-एक क्षण मूल्यवान् था।

उस दिन संध्या तक घमासान युद्ध हुआ। इसे अगले दिन के खूनी संघर्ष की भूमिका समझा गया। पर, सवेरे उठकर आर्यों ने देखा, नगर में कहीं कोई लड़ने के लिए तैयार नहीं है। रथ्या सूनी है। ऐसी विशाल रथ्याएँ और ऐसे नगर भुज्यु और उसके साथियों ने अभी तक नहीं देखा था। जान पड़ता था, वह लौह युग का एक भव्य नगर है। प्रधान सड़कें 22 हाथ से भी अधिक चौड़ी थीं। छोटी-सी-छोटी गलियाँ भी 6 हाथ से कम चौड़ी नहीं थीं। सड़कें और गलियाँ समकोण पर एक-दूसरे को काटती सीधी चली गई थीं। हरेक सड़क और गली पर सार्वजनिक उपयोग के कूप थे। अधिकांश घरों में निजी कुएँ और स्नान-कोष्ठक थे। पानी निकालने के लिए नालियों और मोरियों की सुन्दर व्यवस्था थी। अधिकांश घर पक्की ईंटों के द्विभूमिक, त्रिभूमिक थे। ईंटों की जोड़ इतनी बारीक थी, कि उसमें छुरी नहीं डाली जा सकती थी। गृह सुखद और स्वच्छ थे। छोटे घरों में भी दो कमरे अवश्य होते थे। बड़े तो प्रासाद जैसे जान पड़ते थे। आँगन में ईंट बिछे थे, जिसके किनारे द्वार और खिड़कियाँ थीं। मुख्य द्वार सड़क की ओर खुलता था। स्नान-घर भी उसी ओर होता था। निचले ही तले पर नहीं, बल्कि ऊपर के तले पर भी स्नान-घर थे। पाखाना छत पर था। सड़क पर दीप-स्तम्भ थे, जो रात को जला करते थे। सप्तसिन्धु की भूमि के भीतर भी पणियों के नगर थे, पर उनका वैभव आर्यों के कारण अक्षुण्ण नहीं था। वह समृद्ध रहने पाते ही नहीं थे। वैभवशाली पणि भी बाहर से अपने को वैसा दिखाना संकट की बात समझते थे।

बड़े-बड़े प्रासाद खाली पड़े थे। पर दूसरे घर आदमियों से सर्वथा शून्य नहीं थे। पीतकेश भी रक्त बहाते बहाते थक गये थे। उन्हें अधिक लाभ था, नगर की सम्पत्ति लूटने में। नगरवासी निहत्थे एवं वंशवद थे। वह सहायता करने के लिए तैयार थे। आर्य सूरि बड़े-बड़े प्रासादों में ठहर गये। यहाँ नगर की लूट सोना, चाँदी, मणि-मुक्ता आदि

ढेर की जा रही थी। भुज्यु की दृष्टि पणि सेनानी पर थी। जैसे भी हो, उसे पकड़ना आवश्यक था। दूरदर्शी होता, तो श्याव–पुत्र को समझ लेना चाहिए था, कि हमारा प्रभुत्व स्थल के साथ समाप्त हो जाता है। समुद्र के स्वामी पणि हैं। आर्यों के घोड़े समुद्र को रौंद नहीं सकते।

नगर की प्रतिरक्षा का भार अपने सेनानियों पर रख कुछ सुविशाल नावों पर चढ़ भुज्यु समुद्र के भीतर घुसा। सप्तसिन्धु की विशाल नदियों में नाव चलाना आर्यों को ज्ञात था, पर यह नदी नहीं, समुद्र था। नदियों की सीमाएँ होती हैं। किनारे पर परिचित स्थान होते हैं। समुद्र न कूल-किनारा होता है, न परिचित स्थान ही। महानगर में हजारों ऐसे आदमी थे, जिन्हें समुद्र-यात्रा का अनुभव था, जो असुर, बवेरू देशों की यात्रा के अभ्यस्त थे। पर, उन पर विश्वास कैसे किया जा सकता था? उनकी अपेक्षा आर्यों और पणि स्त्रियों की सन्तानें अधिक विश्वसनीय थीं। यद्यपि आर्य उनको नीच दृष्टि से देखते थे, पर पणियों के सामने वह अधिक अच्छे माने जाते थे, उन पर आर्यों का अधिक पक्षपात था। वह आर्यों की सेवा करने के लिए कितने तैयार थे, यह हम धन्वयात्रा के समय देख चुके हैं। पणि भी इसे जानते थे, इसलिए वह एक ही तलवार से आर्य और अर्द्ध-आर्य, दोनों को साफ करते थे। भुज्यु के पास पचास से अधिक विशाल पोत थे। अश्वों की आवश्यकता नहीं थी। सोने-चाँदी से अधिक मूल्यवान् थी, सत्तू और खाद्य-सामग्री। समुद्र के पानी में होते भी वहाँ आदमी प्यास से मर सकता था, इसलिए पानी भर के रखना आवश्यक था।

भुज्यु को समुद्र के किनारे पहुँच कर तैयारी करनी पड़ी थी, जबकि पणि पहले से ही तैयार थे। साथियों ने बहुत समझाने की कोशिश की, पर भुज्यु किसी की बात सुनने के लिए तैयार नहीं हुआ। वह जानता था, पणि सेनानी हमारे खिसकते ही फिर यहाँ आ धमकेगा। आर्य अनिश्चित काल तक इस नगर में रुक नहीं सकते थे। जल्दी-जल्दी में उसने सारी तैयारी की। पणि और कितने ही अर्द्ध-पणि, पथ-प्रदर्शक और नाविक अपने साथ लिये।

पोत चल पड़े। अनुकूल पछिमा वायु थी। पाल खोल दिये गये। एक-एक अरित्र (पतवार) पर दो–दो आदमी लग गये एक आर्य और एक अनार्य। पोत पक्षी की भाँति उड़ने लगे। कुछ ही घड़ियों में तट-भूमि ओझल हो गई। चारों ओर नीचे जल राशि

और ऊपर नीलाकाश था। धन्व (मरु) भूमि में कम-से-कम धरती और आकाश का वर्णन भिन्न-भिन्न होता है। यहाँ तो सब अभिन्न, भेद केवल पोत के भीतर था। एक दिन और एक रात बीत गई, दूसरे दिन का मध्याह्न आया। इसी समय पणियों के पोत दूर क्षितिज में दिखाई पड़े भुज्यु को आशा हुई, अब शत्रु हाथ से नहीं निकलने पायेगा। पर, दो घड़ी बाद जिन पोतों को उन्होंने पकड़ा, वह पणि सार्थवाहों के थे। सेना और सेनानी हाथ से निकल चुके थे। पोत महार्थ निधियों से भरे थे। पर यहाँ भुज्यु को उनकी आवश्यकता नहीं थी। सारे खाद्य और हथियारों को छीनकर सार्थवाहों को उनके भाग्य पर छोड़ पीतकेश आगे बढ़े। इसी समय वायु प्रतिकूल हो चली। देखते-देखते समुद्र क्षुब्ध हो उठा। ताड़-ताड़ भर की लहरें उठने लगीं। पोत आकाश में टँग नीचे गिरने लगे। वरुण की बहुत प्रार्थना की गई। पर, समुद्र वरुण की आज्ञा मानने के लिए तैयार नहीं था। इसी समय एक और संकट आन उपस्थित हुआ। रात में तारे मेघ के भीतर लुप्त हो गये। डर लग रहा था, किसी समय पोत समुद्र के गर्भ में विलीन न हो जाय। वैसा न होने पर भी उन्हें कुछ नहीं जान पड़ रहा था कि वह किस ओर जा रहे हैं। पथ-प्रदर्शक भी किंकर्तव्य-विमूढ़ थे।

एक ओर यह निराशा थी, दूसरी ओर अधिकांश पीतकेशों की बुरी दशा थी। वमन करते-करते उनकी अँतड़ियाँ मुँह को आ रही थीं। खाने-पीने का उन्हें साहस नहीं होता था। भुज्यु और उसके थोड़े से साथी इस रोग से मुक्त थे। दूसरी रात बहुत बुरी तरह बीती। तीसरे दिन समुद्र शान्त था। पोतारोहियों ने भोजन किया। अब वह मुँह से बात कर सकते थे। सबके मुँह से वरुणदेव की स्तुति निकल रही थी। वह बार-बार प्रार्थना कर रहे थे–"हे सहस्रनेत्र शुभ्र वरुण! आप नदियों के पाथ को जानते हैं। आपने विशाल द्यौ और पृथ्वी को थाम रक्खा है। आप हमारे ऊपर क्रुद्ध न हों। हमने कौन-सा पाप किया,जो कि आप अपने भक्तों को मारना चाहते हो?"

हाँ, उन्होंने पाप किया था। समुद्रों और नदियों के राजा वरुण को उन्होंने पीछे डाल दिया था। उनके लिए इन्द्र ही सब कुछ थे। यहाँ भी वरुण से निराश हो, भुज्यु दोनों अश्विनों की प्रार्थना की। अश्विद्वय में दिवोदास की भी बड़ी आस्था थी। तीसरा दिन और तीसरी रात इसी तरह बीती। ऋतु अच्छी देख निराशा कम होने लगी। चौथे दिन उषा की प्रार्थना करते भुज्यु ने चारों ओर दृष्टि दौड़ाई, तो उत्तर की ओर समुद्र

तट स्पष्ट दिखाई पड़ रहा था। अश्विनो ने एक देववाहक के मुँह से पहिले ही कह दिया था–"हम तुम्हें बाहर निकालेंगे। घबराओ नहीं।" थोड़ी ही देर में उनकी शतारित्रा (सौ पतवारों वाली) नाव तट पर पहुँच गई। दूसरे कितने ही पोत भी सायंकाल तक वहाँ आये। छोटी नावों पर चढ़ सबसे पहिले भुज्यु कुछ सेनाओं के साथ किनारे पर उतरा। पृथिवी माता को छोड़ने से अपने को वह अनाथ समझते थे। पृथिवी का स्पर्श उन्हें सचमुच दैवी शक्ति प्रदान कर रहा था। थोड़ा ढूँढ़ने पर उन्हें मानव बस्ती भी मिल गई। यह भी ज्ञात हुआ कि वह महानगर से पाँच दिन के मार्ग पर हैं। यह अमित्र देश था। पीतकेशों के पास अपने अश्वों का बल नहीं था, तो भी उन्हें अपने असिचर्म पर पूरा भरोसा था।

भुज्यु समुद्र तट की भूमि को विजय करने के बाद उत्तर की ओर मुड़ा। परुष्णी के तट पर भरतों और उनके राजा ने विजयिनी वाहिनी और उसके सेनानी का दिल खोल कर स्वागत किया।

अतिथि गुह (महान् अतिथिसेवी)

‘दिवोदासादति थिग्वस्य राघः’–ऋक्० ६।४७।२२

दिवोदास तृत्सुओं का राजा था, जो व्यास और परुष्णी (रावी) दोनों नदियों की बीच की भूमि में रहते थे। पर अब उसकी बाँह सारी सप्तसिन्धु (पंजाब) भूमि पर फैली थी, बल्कि भुज्यु की महान् विजय ने तो समुद्र को भी नहीं छोड़ा था। पणि अब बिल्कुल आरियों के वशंवद थे। किरात यद्यपि अभी नतसिर नहीं हुए थे और उनका नतसिर होना संभव भी नहीं मालूम होता था। आर्यों में भी आपसी फूट बड़े जोर की थी। यद्यपि वह जन्मना ही अपने रंग-रूप के कारण आर्य-भिन्न जातियों से सर्वथा भिन्न दीख पड़ते थे। कोयले की तरह काले निषाद मुश्किल से ही कभी आर्यों का मुकाबिला करते थे। नगर-ग्राम निवासी पणि भी आखिरी संघर्ष कर चुके थे। लेकिन मंगोलायिद मुख-मुद्रा से किलात (मोन्ख्मेर) पहाड़ों में रहते, अब भी बड़े जोर का मुकाबिला कर रहे थे। भरद्वाज ऋषि को मालूम होते देर नहीं लगी, कि किरातों पर विजय तभी हो सकती है, जब सभी आर्य एकताबद्ध हों। आर्यों में पुरुओं जिनका ही एक अंश तृत्सु-भरत के जन सबसे शक्तिशाली थे। परुष्णी, शतद्रु (सतलज) के दक्षिण में रहने वाले यदु और तुर्वसु इसीलिए उनसे जलते थे, कि सारे सप्तसिन्धु में तृत्सुओं की धाक थी। सभी जगह वर्ध्यश्व और उसके बाद उसके पुत्र दिवोदास को बड़ा माना जाता था। यदु और तुर्वसु को अपनाने के लिए भरद्वाज ने कितने ही प्रयास किये और अन्त में वह सफल हुए।

दिवोदास ने केवल तृत्सु-भूमि को ही स्वर्ग-सा नहीं बना दिया था, बल्कि सारे सप्तसिन्धु की कायापलट कर दी थी। जितने बड़े मार्ग थे, सभी पर दो-दो योजन के बाद आवसथ बनाये। हरेक आवसथ के लिए अज, अवि, गौ की भारी संख्या पाली

हुई थी। आवसथिक गोपालों और उनके पशुओं से जंगल गुंजायमान हो गये थे। कोई भी आर्य पथिक आवसय पर पहुँच कर भोजन और दूध को ग्रहण किये बिना आगे नहीं जाने पाता था। दिन के वक्त तो करम्भ (सत्तू) और दूध-दही से काम चल जाता था। पर शाम के लिए सूप, प्रचुर मांस के साथ तैयार होता। फिर खादथ और पिवथ का हल्ला मच जाता। वर्षों के तजुर्बे से मालूम हुआ, कि प्रतिदिन कितने गव्यादनीय की आवश्यकता पड़ती है। उतनी गायों को मारकर उनका चमड़ा एक ओर जमा कर दिया जाता और बड़े-बड़े मांस-खण्ड विशाल ताम्र-पात्रों में डालकर उबाले जाते। इसके कारण आवसथों के रसोइयों को पीछे के राजर्षि रन्तिदेव के सूपकारों की तरह कहना नहीं पड़ता–"सूपं भूमिष्ठं मश्नीध्व नाम मासं यथा पूरा"।

आवसथागार बड़ी सुन्दर जगह पर बने हुए थे। जहाँ हरे-भरे वृक्ष समय पर फलों-फूलो से लदे रहते और आसपास कितनी ही गायें, घोड़ियाँ चरा करतीं, वहाँ पानी के लिए प्याव और कुएँ भी बने रहते। आवसथ-परिचारकों, जिनमें निषाद लोगों की संख्या अधिक थी, के रहने के घर होते। आवसथ कभी शून्य नहीं होती। आवसथ ग्रामणी आर्य ही हो सकते थे, क्योंकि वही आर्यों का शिष्टाचार अच्छी तरह निर्वाह कर सकते। वैसे अपने अधिक गौवों के कारण हरेक आर्य कुल भरद्वाज गोत्र, वशिष्ट-गोत्र आदि नामों से विख्यात होता था, उसी तरह आवसथ-गोत्र भी नाम होता। उन्हें दिवोदास ने मना करने पर भी भरद्वाज-आवसथ गोत्र नाम दिया था।

यदु, तुर्वस को जहाँ दिवोदास की हरेक पणि-विजय में भारी निधि भेंट की जाती, वहाँ उनके वृद्धों ने यह भी देख लिया, कि युद्ध करने से गोत्रवध के सिवाय और कुछ लाभ नहीं हो सकता। भरद्वाज स्वयं अपने शिष्य के साथ उनके पास पहुँचते और कहते–इन्द्र ने दिवोदास को गोत्रवध के लिए नहीं भेजा है। कई सालों के प्रयत्न से इन्द्र ने यदु, तुर्वस के मन को जीतने में सफलता पाई। सारी सप्तसिन्धु भूमि शान्त और समृद्ध हो गई।

प्रातः और साथ सवन में हर एक घर में स्वाहाकार का स्वर उठता। धृतमिश्रित धान्य से वायु-सुगन्धित और वेश्य धूमिल दिखते। हरेक गृह इतना धन (पशु) धान्य-सम्पन्न होता कि किसी घर से अतिथि भग्नाश नहीं लौटता। सचमुच सप्तसिन्धु में दूध-दही की नदियाँ बह रही थी, जो अधिकतर आर्यों के लिए थीं। पर आर्य-भिन्न जाति के स्त्री-पुरुष भी सायंकाल आवसथ में पहुँच भूखे सो नहीं रह सकते थे।

तुग्र और उसकी स्त्री रोहिणी दोनों तरुण आर्य एक दिन शाम को बहुत थके गर्मी के मारे भी परेशान बीच में एक कच्चे कुएँ और वन्य आम की शीतल छाया को देखकर वहीं विश्राम करने की सोचने लगे। अभी वह टहनियों के झाड़ से जगह को साफ नहीं कर पाये थे, कि गन्तव्य दिशा की ओर से दूसरा यात्री आ मिला। यात्री ने तुम्र से कहा नहीं आर्य, यहाँ विश्वाम करने की जरूरत नहीं, आवसथ नजदीक है।

–हम थक गये हैं–हमारी खाने की इच्छा नहीं है–यात्री ने कहा।

–प्यास की इच्छा तो अनिवार्य होती है। आजकल गर्मी का मौसम है। आवसथ में मधुमिश्रित सोम (भाँग) मिल सकता है, जो थकावट को दूर कर देगा। मट्ठा तो दिन भर चाहे जितने चषक पी लो।

तुग्र दम्पति को इस एकान्त के स्थान पर रात बिताने में कोई भय नहीं हुआ, क्योंकि एक तो दोनों यौवन के बल और पराक्रम से युक्त थे, दूसरे वह किलात शत्रुओं की भूमि से दूर थे, लेकिन यात्री के आग्रह करने पर वह आवसथ में गये। दोनों ने चमड़े की द्रापि टाँग दी, जिसके भीतर से उनकी गौरवर्ण देह लाल-लाल दिखाई दे रही थी। उनके सिर के सुनहले लम्बे-लम्बे केश उनकी तरुणाई के सौंदर्य को निखारने का काम दे रहे थे। आवसयिक ने मीठे-मीठे शब्दों से उनका स्वागत किया। पान पूछकर सुवर्णवर्ण सोम को दूध और मधु में मिलाकर बड़े चषक में दिया। दुनियाँ में इस समय उससे बढ़कर प्रिय कोई खान-पान की चीज उनके लिए नहीं हो सकती थी। सारे चषक को वह एक ही साँस में पी गये और उसके बाद ही उन्हें "इन्द्राय अयम्" यह कहने की उन्हें स्मृति आई।

आवसयिक ने पूछा–आर्य, बहुत दूर से आये मालूम होते हैं।

–नहीं तात, यही चार-पाँच दिन के रास्ते से आये हैं, सृंजयों के देश से।

–पर ग्रीष्म के दिन हैं।

–ग्रीष्म के दिन में यात्रा मुश्किल होती है। जाड़े के दिन में ओढ़ने के लिए बहुत-सा कपड़ा लेके चलना पड़ता है, लेकिन ऋषि के प्रताप से हरेक आवसथ में पर्याप्त कम्बल रहते हैं। वर्षा में भीगने का डर रहता है।

–ग्रीष्म ऋतु यात्रा के लिए सर्वथा अनुकूल तो नहीं होती, पर हमने इसे ही पसन्द किया।

–कोई जरूरी काम होगा?

–जरूरी काम तो वही है, जो हर एक आर्य को मालूम है। वर्ध्यश्व-पुत्र और भरद्वाज ऋषि ने हमारे लिए जो करणीय बनाया है।

अर्द्ध-आर्य (निषाद स्त्री और आर्य पुरुष का पुत्र) आवसथ के एक मुखिया ने कहा–आर्य घोड़े पर आ सकते थे?

–हम दोनों ने अपने शरीर की इस प्रकार परीक्षा करनी चाही। दिवोदास राजा ऐसे ही तरुणों को पसन्द करता है।

–हाँ, वह तो सूरि रहते समय से ही स्वयं बड़े मेहनती रहे हैं। अश्व-समन को जीतकर बाल्य में ही उन्होंने अपनी घुड़सवारी को सिद्ध कर दिया। पैदल चलने में भी नहीं झिझकते।

–यह कहते हैं कि हमारे सबसे भयंकर और जबर्दस्त शत्रु किरात हैं। उनकी निवास-भूमि समतल धरती नहीं, बल्कि पहाड़ी भूमि है, जिसमें घोड़े दौड़ नहीं सकते। हमारे तरुणों को किरातों की तरह पर्वतों पर छलाँग मारने की हिम्मत होनी चाहिए।

–आर्य और आर्या दोनों को इस समय यदि दिवोदास देखते तो बड़े प्रसन्न होते।

इस बातचीत के सुनने से मालूम होगा, कि दिवोदास और भरद्वाज ने आर्यों को कितना परिश्रम का अभ्यासी बना दिया था।

सरस्वती-तट के कुशिकों को देखें या शतद्रु-तट के पुरुओं को, सभी आर्यजनों में दो चीजें एकसमान दीख पड़ती थीं, एक तो सभी धन-धान्य सम्पन्न थे और दूसरे सभी भरद्वाज ऋषि और दिवोदास के संकल्प को अपना संकल्प समझते थे। सभी जानते थे, कि अच्छे माता-पिता की अच्छी संतान होती है। इससे उन्होंने घोड़ियों और गायों पर तजुर्बा करके देख लिये। कम्बोज घोड़ों की इस प्रकार जितनी सन्तानें हुई, करीब-करीब बाप के समान थीं। जिस तरह घोड़ों के लिए प्रतीची (पश्चिमी) दिशा प्रसिद्ध थी, उसी तरह गायों और वृषभों के लिए सरस्वती-तट प्रसिद्ध था। घड़े-घड़े भर दूध देने वाली सरस्वती पारी गायें सब जगह देखने में आती थीं। ऐसे देश में तुग्र दम्पति जैसे तरुण दुर्लभ नहीं थे। दिवोदास ऐसे तरुणों का बड़ा सम्मान किया करता था। उसे हर साल किरातों से युद्ध करना पड़ता, पर किरात भी युद्ध के अभ्यस्त हो गये थे। उनकी चलायमान पुरियाँ अब पहले की तरह बाड़े भर के लिए तराई में नहीं

होतीं। कभी-कभी वह तराई के ऊपर कम ऊँचाई की जगह में अपने जाड़े बिताते। बरफ पड़ने का डर था, जिससे पशुओं को घास मिलना भी दुर्लभ हो जाता। नहीं तो पहाड़ों ही में वह चले जाते।

तुग्र-दम्पति जल्दी ही दिवोदास के शिविर में पहुँचे। शिविर वस्तुतः पर्णकुटी था। घोड़ों, गायों और मनुष्यों के लिए अनेक पर्णकुटियाँ बनी थीं। अतिथियों की पर्णकुटियाँ कुछ विशेष आकर्षक और सुखद थीं। जहाँ दस हजार मनुष्यों के निवास का प्रबन्ध हो, उसे पर्णकुटियों का नगर कहा जा सकता था। यहाँ दिवोदास का अपना आवसथागार था। तुग्र दम्पति को आवसथागार में ठहराया गया। समाचार पाते ही दिवोदास स्वयं उस कुटी में गया और दोनों के सिर का आघ्राण करके बड़े हर्ष से स्वागत किया–वत्स, तुम्हारे मुख पूशते ही मालूम होता है, कि तुम इस गर्मी में बड़ा कष्ट सहते यहाँ पहुँचे।

–नहीं आर्य, वह कष्ट कुछ नहीं है, जब हम आप और ऋषि के चरण के दर्शन करने में सफल हुए।

–पूछने पर मालूम हुआ, कि वह सृजयों की उत्तरी सीमा से आये हैं।

तुग्र ने यह भी बतलाया हम लोगों की भूमि से दस्युओं की भूमि कुछ ही दिन के रास्ते पर है। हमें हर साल उनका प्रहार सहना पड़ता है। पणि किसी समय हमारे लिए भयंकर थे। अब उनका उपद्रव नहीं है।

दिवोदास ने कहा–पणि अब हमारे लिए उतने भयंकर नहीं है। हमारे मनु आदि पितरों के प्रयास से वह भय बहुत कुछ दूर हो गया। पर किरात आर्यों के लिए आज सबसे भयंकर शत्रु हैं। जब तक उनको दबा नहीं दिया जाता, तब तक हमारा जीवन सभय ही बना रहेगा।

–आर्य, आपके इस दशा में जो प्रयास हो रहे हैं, उसे सारा सप्तसिन्धु जानता है। उसी प्रयत्न में भाग लेने के लिए मैं चला, तो मेरी पत्नी रोहिणी ने भी मेरा साथ दिया।

–वत्सों, यही बात है। मुझे इन्द्र की प्रतिज्ञा पर विश्वास है, कि किरात अजेय नहीं हैं।

–इन्द्र का शत्रु होकर कोई अजेय नहीं हो सकता।

–वत्स, इन्द्र ने तुम्हारे जैसे पुत्रों को पैदा किया, इसीलिए कि वह सफेद हिमाच्छादित बृहत् पर्वत, जहाँ सबसे अच्छा सोम पैदा होता है, किरातों का घर है।

–अवश्य, ऋषि की वाणी, इन्द्र की प्रतिज्ञा पूरी होकर रहेगी। हम उसी महायज्ञ में की दो छोटी-छोटी समिधायें बनना चाहते हैं।

–वत्स, स्वागत है तुम्हारा। यहाँ तुम अपने जैसे तरुण देखोगे, जो गंधार और कम्बोज से भी कुशिकों के भीतर से आये हैं।

तृत्सुओं की भूमि आर्य भटों की छावनी-सी बन गई थी। वैसे सारे सप्तसिन्धु में भरद्वाज ने प्राण-सा फूंक दिया था। आर्यों में आपसी संघर्ष को वह देख नहीं सकते थे। ज्यादातर उनके और दिवोदास के मधुर बर्ताव से मेल-मिलाप हो जाता था और मामूली सिर-फुटौवल अधिक होने की नौबत नहीं होती तथा प्रतिद्वंद्वियों में मेल हो जाता। परुष्णी (रावी), विपाश (व्यास) और शतद्रु (सतलुज) के कछार नरवृन्दों, गोवृन्दों और अश्ववृन्दों के निवास स्थान बन गये थे। वर्षा के दिनों में झोंपड़ियाँ नदी के कछारों से दूर हट जातीं, नहीं तो वह जल की धारा के पास तक फैल जातीं। यद्यपि सप्तसिन्धु के किसी भाग में भी ऐसे भटों के सैनिक व्यायाम का प्रबन्ध था। पर तृत्सु भूमि सारे आर्य तरुणों का मिलन-स्थान बन गई थी। दिवोदास स्वयं अपने शारीरिक व्यायाम, गदा-युद्ध, धनुष-युद्ध का कौशल दिखलाता। वहाँ पतले-दुबले शरीर के ऋषि भरद्वाज के मुँह से निकलती वाणी देववाणी-सी प्राणदायक होती, जिसमें इन्द्र-संकल्प और आर्यों के शत्रुओं के पराजय की निश्चिन्तता की बात ही नहीं, बल्कि सारे सप्तसिंधु में कहीं भूख या घाव का दुःख सभी आर्यों के लिए खतरे की बात कही जाती। ऋषि का कहना था, झोंपड़ी एक हाथ से नहीं उठती, चाहे वह हाथ कितना ही मजबूत हो, लेकिन सौ हाथों के लगने पर बड़ी झोंपड़ी भी हलके तृण-सी लगती है। सप्तसिन्धु में कोई आर्य पशु और गवाश्व धन से हीन क्यों हो, जबकि उसके भाइयों के पास धन है। हजारों धन वाले यदि एक-एक पशु दे दें, तो दस गरीब भी सौ-सौ धन वाले हो जायेंगे। यह स्मरण रखना चाहिए, कि इन्द्र हमारी सहायता तभी कर सकते हैं, जब हम सभी एक परिवार से दिखाई पड़ें। इन्द्र ने हमारे खानपान (हमारी प्रथा, हमारे अन्नभाग) को समान (साझा) बतलाया है। उसकी अवहेलना करना और सिर्फ अपने स्वार्थ का ख्याल करना भारी पाप है। जो केवल अपना पेट भरने वाला (केवलादी) है, वह केवल पाप करने वाला (केवलाद्या) है। ऋषि भरद्वाज के उपदेशों ने हरेक हाथ को कार्यपरायण किया, वहाँ स्वार्थ की मर्यादा बाँधने के लिए

मजबूर किया। परुष्णी के तट पर युद्ध विद्या में अभ्यस्त होते आर्यों को प्रतिवर्ष उत्तर के पहाड़ों में सक्रिय युद्ध-सी स्थिति देखने का मौका मिलता और वीरों की गाथाएँ सारे सप्तसिन्धु में प्रतिवर्ष नये-नये रूप में सुनाई पड़तीं।

बाण, निषंग (तर्कश), धनुष, ज्या (प्रत्यंचा), वर्म (कवच), परशु (फरसा), वासी (बसूला), ऋष्टि (छुरी), वज्र, अष्टा (आरा) और धार लगाने वाले क्ष्णोत्र (शान) सारे ताम्र या पाषाण के हथियार थे। यहाँ अच्छी तरह उनके उपयोग की बातें बतलाई जातीं। वहाँ हजारों कर्मार उनको बनाने में नियुक्त हो, अपने कौशल का परिचय देते।

ताँबे के हथियार अब अधिक प्रयुक्त होने लगे, क्योंकि ताँबे का गलाना और उससे तेज धार के हथियार बनाना आर्यों के लिए सुगम हो गया था। पर, कठोर पाषाण जो ठोकर लगने पर भी जल्दी नहीं टूटते, अब भी वज्र के रूप में प्रयुक्त होते। शक्तिशाली योद्धा अपने वज्र के एक प्रहार से शत्रु के सिर को टुकड़े-टुकड़े कर देता। वज्र असि से प्राण हरने में कम नहीं था।

सप्तसिन्धु की भूमि सुखी और समृद्ध थी और उसके तरुण युद्ध में अजेय संकल्प रखते थे। इस बल का पता प्रतिवर्ष किरातों को जाड़े में मिला करता। अभी पशुपालक अधिक नहीं थे, लेकिन आर्यों के देखा-देखी उन्होंने भी भेड़-बकरियाँ और गाय-घोड़े रखने शुरू किये, पर उनसे अधिक पसन्द करते थे, आखेट के पशुओं के मांस को और जंगलों के फलों को। कुछ को ताजा खाने और कुछ को सुखाकर दूसरे समय के लिए रख छोड़ते। उनके खाने की चीजों के जमा करने में स्त्रियाँ जैसे सहायक थीं, वैसे ही युद्ध में भी वह सहायक होतीं। यह उनके लिए स्वाभाविक बात थी।

अबला सेना

"स्त्रियो हि दास आयुधानि चक्रे। क्रिं मा करन्नबला अस्य सेना।।"
–ऋक् ५।३०।९

आर्यों का सबसे बड़ा बल था अश्व, क्योंकि अश्व पर चढ़कर वह चार घण्टे में साठ योजन (एक सौ बीस मील) जा सकते थे। किरातों को पहले तो घोड़ों से परिचय नहीं था। अब परिचय हो गया था, तो भी वह पहाड़ी छोटे घोड़े (टाँघन) पैदा करने में सफल नहीं हुए थे। बड़े घोड़े पहाड़ों में इत्मीनान से चल नहीं सकते थे। दौड़ने पर तो हमेशा गिरने का डर रहता, रास्ते आदमियों ने बनाये नहीं थे। घोड़े की कमी वह अपने निशाचरपन से दूर करते थे। निशा (रात) को दौड़कर चालिस-पचास मील चला जाना, उनके लिए मुश्किल नहीं था, अर्थात् चालिस-पचास मील के दूर के आर्य ग्राम में वह रात भर चलकर सबेरे पहुँच जाते। इसमें आर्य उनका मुकाबला नहीं कर सकते थे। इसलिए उन्होंने निशाचर होना घृणा की बात समझी। दस्युओं की दूसरी निन्दा अबला सेना कहकर वह कहते थे। आर्य कहते थे–स्त्रियों को दासों ने हथियारबन्द किया, उनकी सेना अबला (बलहीन) है, वह मेरा क्या करेगी, लेकिन जैसा आर्य कहते थे, वैसी सेना अबला नहीं थी। अनेक युद्धों में आर्यों को मालूम हो चुका था। विशेषकर शम्भु शंबर की दुहिता का उतना ही आतंक था, जितना उनके पिता का। एक दिन सारी रात चलकर शम्भु की सेना एक आर्य गाँव के पास पहुँची। अभी सुबह का उजाला नहीं हुआ था, लेकिन कुत्तों ने भूककर आर्यों को जगा दिया था और आदमियों से पहले कुत्ते उनके ऊपर झपटे। पर, जहाँ वज्रों का दो-चार छोटा-मोटा प्रहार पड़ा, वह चिल्ला कर भागे। तब तक आर्य पुरुष हथियारों को लिए पहुँचे। आर्य और किरात दोनों एक-दूसरे की भाषा को नहीं समझते थे, लेकिन क्रोध और हर्ष

प्रकट करने के लिए भाषा को समझने की कोई जरूरत नहीं थी। शम्भु की ललकार ने पता दे दिया, कि कोई दस्यु स्त्री बोल रही है। शब्द और स्वर गम्भीर था और उससे भी अधिक उसके प्रहार पड़ रहे थे। शम्भु के हाथ में विशाल वज्र था, जिससे उसके हाथों की शक्ति का पता लगता था। उसने धीरे-धीरे आर्य दल पर प्रहार करके कितनों को अंग-भंग कर जमीन पर गिरा दिया। अबला सेना का क्या मतलब है, इसका अर्थ अब उन्हें साक्षात् दिखलाई देने लगा। अबलाओं के लम्बे-लम्बे केश जटा के रूप में फैले थे। कमर के नीचे चमड़े का जरा-जरा सा अंतर्वासिक छोड़ उनका सारा बदन नंगा था। वह काली नहीं, पाण्डु वर्ण की थी। शरीर उनका साँचा से ढला हुआ संतुलितावयव था, जिसे सुन्दर छोड़ और कुछ नहीं कहा जा सकता था। उनकी चिपटी और छोटी नाकों को आर्य अनास-खनास कह सकते थे। पर, किलात भी आर्यों को लम्बनाश, अश्वनाश कहकर कुरूप बतला सकते थे। सूरज के उगने तक युद्ध समाप्त हो गया था। अबला सेना सबला साबित हुई। बहुत से हत या अति आहत हुए बिना कोई नर नारी नहीं बचे थे, आर्यों की झोपड़ियों

में कोने-कोने में घूमकर किरात नारियों ने देखा, वहाँ कोई प्रतिकार करने लायक नहीं रह गया था। शम्भु ने झोंपड़ी के एक कोने में एक चार-पाँच बरस के बालक को डर के मारे सिकुड़ा बैठा देखा। बालक की करुणापूर्ण आँखें शम्भु की आँखों की ओर एकटक लगी थीं। शम्भु को उधर बढ़ते बालक के मुँह से एकाएक चीतकार निकली अम्ब पाहि। शम्भु ने कुछ आर्य भाषा जानने वाली पणि अनुचरी से पूछा, क्या कह रहा है?

कह रहा है माता, मुझे बचाओ।

आर्यों के लिए अपार घृणा रखते शम्भु के हृदय में उसी समय कुछ विचित्र भाव पैदा हुआ और उसने अपने हाथों के हथियारों को एक तरफ छोड़, बच्चे को दोनों हाथों उठाकर उसका मुँह चूम लिया, पीठ थपथपायी। बालक को वहीं छोड़ना चाहा, तो उसने फिर उन्हीं शब्दों को करुण स्वर में प्रकट किया। वह समझने लगा, कि छोड़ने पर दूसरी कोई निशाचरी आ जायेगी, जो माता की तरह चुम्बन करना नहीं जानेगी।

लड़ाई समाप्त होने के बाद लड़का भी शम्भु के साथ उत्तर के पहाड़ों की ओर गया। इस लड़के का नाम पीछे आर्यों ने देवक मन्यमान रखा और वह आर्यों का

भयंकर शत्रु तथा दासों का जबरदस्त समर्थक हुआ। आर्य उसके नाम से काँपते थे। वह इतना ही बलवान और युद्ध-निपुण था। जहाँ दूसरे किरात (दास) पीले वर्ण के काले केशों वाले मूँछरहित होते थे, वहाँ देवक के सिर पर चाँदी के वर्ण के केश और पीली-पीली घनी मूँछ-दाढ़ियाँ और नीले रंग की आँखें थीं। यह रंग दासों के लिए शताब्दियों से क्रोध का भाजन था, जिसको देखते ही वह खूंखार जानवर की तरह उनके ऊपर टूट पड़ते। पर देवक ने उनके दिल में इस वर्ण के प्रति भारी आत्मीयता प्रकट कर दी। बचपन में ही दासों में जाने से देवक को दासों की भाषा अपनी भाषा बन गई थी और कुछ ही वर्षों बाद उसे आर्य भाषा का कोई ज्ञान नहीं रह गया। वह अपने को दास जाति का समझता था। यदि रंग-रूप में फरक था, तो उसे दासों के देव का प्रताप मानता था। दासों के लिए कम-से-कम एक पीतकेश ऐसा हो गया था, जिसे कि वह अपना समझते थे।

शम्भु बहुत वर्षों तक देवक को अपने से एक क्षण के लिए भी अलग नहीं छोड़ती थी। पहले तो इसलिए कि कोई उसे आर्य शिशु समझ कर मार न दे। पीछे उसे वस्तुतः उसने अपना पुत्र मान लिया और पुत्र-स्नेह के कारण क्षण भर भी उसको अलग रखना असह्य मालूम होता था। कुछ बड़े होने पर शंबर ने भी उसमें शत्रु का भाव छोड़ नाती का प्रेम पैदा किया। जब-तब देवक को अपने पीले बालों और नीली आँखों से घृणा होती; पर, यह अवस्था ज्यादा दिन तक नहीं रही, क्योंकि कृष्णकेश दास देवक को अपना आत्मीय मानते थे। देवक अकेला ही पीतकेश था, जो इन बृहत् पर्वतों के भीतर बहुत दूर तक घूमा था। आर्य दो-चार योजन भी भीतर घुसे बिना जान से हाथ धोते। वह तो किलातों की भूमि थी, अतः देवक की अपनी भूमि थी।

बहुत दिनों बाद देवक ने बतलाया था, इन बृहत् पर्वतों में सबसे दूर और सबसे ऊँचे वह हैं, जो सफेद बादल जैसे हिम से ढके हैं। यहाँ से जितने ही आगे को जायें, वह अधिक ऊँचे होते जाते हैं और उनके ऊपर चलने में बड़ा परिश्रम पड़ता है। रास्ते का पता नहीं मालूम, पर किरात उसे जानते हैं। उन्होंने घासों और पेड़ों में कुछ निशान कर रखे हैं, जिससे जानने में आसानी पड़ती है। अधिकतर रास्ते नदी के किनारे से जाते हैं। यह विपाशा (व्यास) नदी ऊपर कुछ कम चौड़ी होती जाती है, पर वही सबसे बड़ी नदी वहाँ दिखाई पड़ती है। कहीं दो पहाड़ों के बीच कुछ

समतल-सी भूमि में इसकी धार अधिक फैली रहती है और कहीं दो समतल पहाड़ों में बहुत पतली-पतली घोर अट्टहास करने वाली धारा का रूप ले लेती है। आदमी को बराबर ऊपर के ऊपर ही जाते रहना पड़ता है। ऊपर जाने के साथ सर्दी भी बढ़ जाती है। जिन दिनों गर्मी के मारे नीचे पसीने-पसीने हो जाते, उन्हीं दिनों पहाड़ में पाँच-छह दिन जाने पर हमें गर्मी का पता नहीं लगता और वहीं कहीं जाड़े के दिन में हिम पड़कर सबको सफेदी से ढाँक देती है। वह जो दूर सफेद बृहत् पर्वत दिखाई पड़ते हैं, वह सफेद पत्थर नहीं है, बल्कि हिम से ढके पत्थर हैं। वहाँ की सर्दी के बारे में तो पूछना ही नहीं। दास वृक् (भेड़िये) के चमड़े, भालू के चमड़े से अपने को ढाँकते हैं, तो भी सर्दी के मारे बुरी दशा होती है।

किसी श्रोता ने पूछ लिया–भालू चमड़े भी पहनते हैं?

हाँ, भालू चमड़े भी। और एक बात मैं और बतलाऊँ। वहाँ एक-दूसरे रंग के भालू दिखाई पड़ते हैं, जिनका रंग काला नहीं, भूरा होता है।

–भूरा?

–हाँ भूरा। लाल रंग लिए हुए भूरा। और उनमें एक और भी बात है। वह सारे जाड़े भर सोते रहते हैं।

–सोते रहते हैं। सारे जाड़े भर?

–जब जाड़ा आता है और ऊपर के पहाड़ों पर बरफ पड़ने लगती है, तो पशु अपने स्थान को छोड़ और गरम जगह में चले आते हैं। किरात भी तो अपने शिकारों के नीचे चले जाने पर ऊपर के पहाड़ों से उनके तलाश में नीचे चले आते हैं। भूरे भालुओं को जब सर्दी ज्यादा लगती है, तो नीचे जाने की जगह वह वहीं किसी अँधेरी गुहा में जाकर पड़े रहते हैं। उन्हें मूर्ख की तरह नींद आ जाती है और बिना हिले-डुले वह वहीं ऊँघते रहते हैं।

–ऊँघते रहते हैं और फिर खाये बिना, छमासी नींद में मर क्यों नहीं जाते?

–छमासी नींद मारने की जगह उनकी रक्षा करती है। नींद में खाने की जरूरत ही नहीं पड़ती। मैने उस अवस्था में उनको देखा है, मारा भी है। जैसे मूर्छित आदमी वज्र से मारने पर बिना कुछ प्रतिकार किये चुपचाप मर जाता है, वैसे ही यह भूरे भालू भी मर जाते हैं। मैंने जिस भालू को मारा था, वह वसन्त के पहले दिनों में मिला था। जान

पड़ता है, जैसे-जैसे ऋतु गरम होती जाती है, वैसे-वैसे उनके शरीर में जीवन की गर्मी आती जाती है। होश में आने पर फिर वह खाने की धुन में लगते हैं। हमारे यहाँ से वृक्षों, वनस्पतियों की आदत वहाँ कुछ भिन्न है। वहाँ वसन्त में पतझड़ नहीं होता, बल्कि शरद के अन्त में पेड़ नंगे हो जाते हैं और घास झुलसी मालूम होती है। हाँ, एक ऐसा भी पेड़ है, जिसके पत्ते सदा हरे होते हैं, यह भी सुनकर आपको आश्चर्य होगा। ऐसा पेड़ जिसके पत्ते सदा हरे रहते हैं।

–हाँ, इस पर विश्वास करने का मन नहीं करता।

–मैंने अपनी आँखों से उस पेड़ को देखा है। हमारे लोगों ने भी कभी देखा होगा। अभी तो उन्होंने उसका नाम देवदारु (देवताओं का वृक्ष)......

–देवदारु नाम तो सुना है, पर वह देवलोक का दारु (वृक्ष) होगा।

–तो, उन सफेद बड़े पर्वतों को देवलोक समझ जाओ। देवदारु वृक्षों का जहाँ अन्त होता है, उसके बाद ही एक सफेद छालों वाला वृक्ष (मुर्ज गुर्ज भोजपत्र) होता है, जो वर्षा के समय भी हिम के भीतर खड़ा रहता है। वहाँ तरह-तरह के पशु-पक्षी, वृक्ष, वनस्पति दिखाई पड़ते हैं। न देखने वालों को उन पर विश्वास करने का मन नहीं करता। क्या बिना देखे भूरे भालू की छमासी नींद का विश्वास कर सकते हैं? या पंख जैसी चिड़िया की तरह एक डाली से उड़कर दूसरी डाली पर जाने वाली गिलहरी को हम बिना देखे ही विश्वास कर सकते हैं। पर ऐसी चीजें वहाँ होती हैं।

देवक ने अपने तीस बरस के जीवन का इस तरह वर्णन किया था, उस समय जबकि वह आर्यों से लड़ते-लड़ते मरणासन्न हो आहत हुआ, उनकी कैद में था। वह हाथ-पैर तोड़कर बिल्कुल बेबस था, बल्कि कुछ-कुछ घाव ऐसे मर्म पर पड़े थे, कि वह चारपाई से फिर नहीं उठ सका। वह कष्ट सहते, वहीं मर गया। पर, अन्तिम जीवन तक शम्भु माता का नाम आते ही उसकी आँखों में आँसू आ जाते और शिशु की तरह 'माँ शम्भु', 'माँ शम्भु' कहने लगता। जब कोई पूछता कि देवक, तुम्हारे यह हाथ-पैर ठीक हो जायें, तो तुम क्या करोगे ?

–एक-एक आर्य को मार डालूँगा। मेरी एक मात्र इच्छा यही है, कि शम्भु माता को जिन्होंने मारा, उन्हें जीवित रहने का कोई अधिकार नहीं है।

पानी, दर्पण में देवक का मुँह दिखलाकर आर्य पूछते–क्या अपने मुँह, नाक, आँख, दाढ़ी देखकर तुम्हें विश्वास नहीं होता, कि तुम दासों जैसे नहीं हो। तुम हमारे भाई हो। कहने को भाई नहीं, आर्य माता के पुत्र हो।

देवक ने खींझकर कहा–मैं आर्य माता का पुत्र नहीं बनना चाहता। मैंने जब से होश सँभाला, शम्भु माता को अपनी माता समझा। उसकी हत्या का बदला लेना, मैं अपना कर्तव्य समझता हूँ।

–बदला लेना तो दूर की बात है। बिना हाथ-पैर के जमीन पर पड़े, तुम क्या बदला ले सकते हो? पर, अपने मुख और वर्ण को देखकर तुम्हें आर्यों का पुत्र होने पर विश्वास होता है या नहीं?

–इसका मुझे जवाब नहीं देना है। मेरा हृदय शम्भु माता का दिया हुआ है, यह मैं जानता हूँ।

देवक मन्यमान कुछ ही दिनों बाद मर गया। पैर का घाव बहुत दवाओं के करने पर भी अच्छा नहीं हुआ। अन्त में यह तो उसे विश्वास हो गया और शायद किसी से कभी-कभी सुना भी कि पीतकेशी के पुत्र को शम्भु ने अपना पुत्र बनाया था।

पूर्वज पितर

'अत्रा दासम्य नमुचे:शिरो यदवर्त्तयो, मनवे गातुमिच्छन्'–ऋक्० ५।३०।७

विपाश के ऊपरी कछार में समिधा आदि लाने के लिए बड़े सवेरे ही सैकड़ों आर्य बालक, बालिकाएँ बिखरे मिलते। कोई समी की सूखी लकड़ियों को तोड़ने में लगा था, कोई हरित दूर्बा (दूब) को जमा कर रहा था, कोई आसन के लिए कुशों का संग्रह कर रहा था। बालक अधिकतर दस-पन्द्रह बरस के बीच के थे और बालिकाओं के लिए भी वही अवस्था थी। सोमश्रवा ने बात छेड़ी थी–

–भरद्वाज ऋषि को आजकल देखने पर मालूम ही नहीं होता, कि उनकी आयु सत्तर बरस के ऊपर की है।

–हाँ, उनकी दाढ़ी और केश के सफेद बालों को न देखें, तो वह बिल्कुल तरुण से मालूम होते हैं। कैसे उत्साह के साथ आज पूर्वज ऋषियों के बारे में सारे सप्तसिन्धु के आर्यों को ललकारते हुए कह रहे थे, कि मनु ने नमुचि असुर के सिर को तोड़ डाला। हाँ, इसमें इन्द्र ने सहायता की। वही इन्द्र आज क्या कर रहे हैं?

–जिस वक्त ऋषि इन बातों को बोल रहे थे, उस वक्त तो मालूम होता था, कि इन्द्र स्वयं उनके मुख से बोल रहे हैं। उनका सिर और सारा शरीर थर-थर काँप रहा था।

–हाँ, कह रहे थे, आर्यों के पंच जनों ने आपस में एक होकर नमुचि और उसके आदमियों का नाश करने में एकता दिखलाई थी। इन्द्र ने कहा था, तुम एक होकर लड़ो। यह आयसी ईटों की पुरियाँ नमुचि की रक्षा नहीं कर सकेंगी। और वैसा ही हुआ। दधीचि, अंगिरा, प्रियमेध, कण्व, अत्रि हमारे पूर्वज हैं, जिन्होंने पणि शत्रुओं से सप्तसिधु को जीत कर उसे आर्य भूमि बनाया। अब तुर्वस, यदु, सृजय, पुरु आपसी फूट के मारे बिखरे हुए हैं। इन्द्र हमारा महान् देव कहता है। या तो तुम फूट हटाकर एक हो

जाओ, नहीं तो यह बृहत् पर्वतों के दास इन्द्र के वज्र बनकर तुम्हारे ऊपर गिरेंगे। तुम एक-एक करके नष्ट हो जाओगे। इसे भली प्रकार जान रखो।

सोमश्रवा ने आज के ऋषि-वचन को स्पष्ट करते हुए कहा–

–नमुचि और उसके असुर दूसरी ही तरह के थे। यह शंबर के असुर शलभ-जैसे हैं। यह मरना जानते हैं, मारना जानते हैं, परन्तु हताश होना नहीं जानते हैं। लड़ाई में उनकी पंक्ति आर्यों के हाथों कटती भी आगे ही बढ़ती जाती है। आर्यों से इन्द्र रुष्ट हुए, तो उनका बल और बढ़ जायेगा।

ऋषि के कहने में ऐसी शक्ति थी, कि हर एक श्रोता को विश्वास हो गया, कि जब तक शंबर के असुर हमारे सामने सिर उठाये खड़े हैं, तब तक इसके सिवा हमारा कल्याण नहीं, कि हम सब मिलकर उनका मुकाबला करें।

–ऋषि ने यह भी कहा एक तरुण ने बीच में बात काटते हुए कहा–किरात असुर सचमुच हमारे सामने शलभ (टिड्डा) जैसे हैं। उनका नाटा-नाटा शरीर, पीला-पीला रंग, क्षीण काय। एक आर्य तरुण के सामने पाँच किरात भी कुछ नहीं। यदि हम डटकर उनका ध्वंस करना चाहें, तो चाहे उनकी संख्या कितनी भी हो, हम उन्हें नष्ट कर सकते हैं। ऋषि ने कहा था। नमुचि के असुर ग्राम-नगर बसाकर बड़े-बड़े प्रासादों में रहते सुख की जिन्दगी बिताते थे। हम उनके सुख-साधन और युद्ध-साधन पर भी अधिकार कर लेते थे, तब हम उन्हें एक नगर में हराते। पर अब शंबर के असुर न ग्राम रखते, न नगर या खेत पर निर्भर रहते। इसलिए हारने पर भी उनके पास खोने के लिए कुछ नहीं रहता। वहीं अपने पत्थर और थोड़े से ताँबे के हथियारों को लिए वह जहाँ कहीं भागकर अपनी रक्षा करते हैं।

–और उनके पास रक्षा के लिए बृहत् पर्वत (हिमालय) जैसा साधन मौजूद है। हम तो उसके बारे में सिर्फ़ सुनी ही बात जानते हैं। उसका हमें कोई पता नहीं है। विपाश वहीं से आती है। पर, हिम से गलित पानी की धारा में वहाँ बहुत सर्दी होती है, इतनी सर्दी कि आदमी जाने पर हिम बन जाये। वहाँ देवदारु के वृक्ष पहिले ही खतम हो जाते हैं, जिनके लिए पतझड़ कभी नहीं आती, जिनके पत्ते कभी नहीं सूखते।

–हाँ, जहाँ छमासी निद्रा लेने वाले भालू होते हैं।

–और वह भी लाल–भूरे।

–तो, यह तो साफ है, कि उनके पास भागकर रक्षा पाने का बहुत बड़ा साधन यह बृहत् पर्वत है, जिसमें हमारी गति नहीं और असुरों की अव्याहत गति है।

–ऋषि ने कहा था, कि एक बार अगर हम ऊपरी परुष्णी और विपाश की तराई में किरातों को रोकने में असमर्थ हुए, तो प्रलय के महोध की तरह वे सारे सप्तसिन्धु को बहा ले जायेंगे, कोई आर्य नाम के लिए भी बचा नहीं रहेगा।

–इसी पर तो यदु और तुर्वस लोगों का मन पिघल गया। उनके तरुणों ने ऋषि के सामने प्रतिज्ञा की– भगवान्, हमारे वृद्ध चाहे कुछ भी सोचें, लेकिन हम तरुण यदु और तुर्वस उनकी बात पर चलकर पंचजन की हत्या नहीं करायेंगे। ऋषि जो आज्ञा देंगे, वही हमारा कर्तव्य होगा।

–ऋषि ने कहा था, हमारी नहीं, इन्द्र की यही आज्ञा है, कि वर्ध्यश्व-पुत्र (दिवोदास) को सारथी (सेनापति) मान किरातों से तब तक लड़ते जाओ, जब तक कि एक भी किरात सप्तसिन्धु के उत्तरी सीमांत पर दिखलाई पड़े।

–ऐसा ही हो–कहा यदु, तुर्वसों और दूसरे आर्यजनों के तरुण सूरियों (राजकुमारों) ने। ऋषि के सामने अग्नि की शपथ करके प्रतिज्ञा की। आज हमारे गोत्र में अद्भुत-अद्भुत दिखाई पड़ता है। आर्य एक माँ के जाये जैसे परस्पर मिलते हैं, हर्ष-उल्लास का कोई ठिकाना नहीं। इसको ऋषि ने भाँप लिया और कहा–अब हम शंबर के असुरों को हरा सकेंगे। अब उनकी रक्षा नहीं हो सकती।

आर्यों के भीतर फूट फैलाने में सबसे प्रथम दक्षिण के आर्यजन यदु और तुर्वस थे। भरद्वाज ऋषि का पहले उन्हीं की ओर मन गया और बिना सेना और बिना हथियार के वह दक्षिण की ओर यह कहते हुए चले, मेरा संकल्प अपना संकल्प नहीं है, बल्कि स्वयं इन्द्र का है। मैं अपने बन्धुओं यदु, तुर्वसों को हथियार से नहीं जीतना चाहता, बल्कि बन्धु-प्रेम से जीतना चाहता हूँ। वह नहीं समझते, इसलिए फूट की बात करते हैं। मैं उनको समझाऊँगा कि हमारे पूर्वज ऋषि किस कारण विजयी हुए। इन्द्र ने मनु को, दधीचि को अपना प्रतिनिधि बनाकर भेजा और कहा–"इनकी आज्ञा के अनुसार लड़ो, मैं भी तुम्हारे साथ लड़ूँगा।" मैं अपने बन्धुओं को समझाते, यदि उनके क्रोध का भाजन बना और मुझे उन्होंने मार डाला, तो मैं इन्द्र के काज के लिए मरा। मुझको इसका कोई खेद नहीं होगा। इन्द्र, इन्द्र-शत्रुओं (असुरों) को नष्ट करने के लिए दूसरे किसी को भेजेगा। उसका संकल्प पूर्ण हुए बिना नहीं रहेगा।

इस दृढ़ भावना के साथ ऋषि दक्षिण की ओर चले। उनके साथ सहस्त्रों आर्य तरुण चले थे, जिनमें यदु, तुर्वसों की संख्या अधिक थी। सभी ज्येष्ठ-जन एकत्रित हुए। उन्होंने आपस में बातचीत की। उनके तरुणों ने बतला दिया, हम ऋषि के साथ है, मरने में भी और जीने में भी। यदु ऋषि की बात नहीं मानते, तो वह प्राणों की प्रतिज्ञा करके आये हैं। हम भी उनके साथ हैं। यदु, तुर्वस जन में किसी तरुण को आप नहीं पायेंगे। हम सब उनके प्राण दे देने पर अपना प्राण दे देंगे या उनके रिक्तहस्त लौटने पर हम भी उनके साथ चले जायेगे।

यदु-तुर्वसों के अपने मंत्र से पूर्ण सफलता प्राप्त करने के बाद फिर सारे सप्तसिन्धु में भरद्वाज की जय-जयकार होने लगी। ऋषि ने कहा–शत्रु को हराये बिना अभी से इतनी जय-जयकार क्यों मना रहे हो? लेकिन आर्यजनों में भरद्वाज द्वारा प्रवर्तित इसी एकता के कारण पूरा विश्वास हो गया था, कि अब असुरों (किरातों) को हम सदा के लिए नतशिर कर सकेंगे और सोम की भूमि, यह बृहत् पर्वत-स्थली हमारी हो जायेगी। आर्यों के ऊपर से असुरों का संकट सदा के लिए दूर हो जायेगा।

नम्रता में दिवोदास, वर्ध्यश्व से भी आगे बढ़ गया था। वह सारे आर्यजन को विश्वास दिलाने में सफल हुआ, कि मैं आपका राजा, स्वामी नहीं हूँ, बल्कि रंजकारक सेवक हूँ।

पुरुओं को ज्येष्ठ जन होने का अभिमान था, लेकिन त्रसदस्यु, दिवोदास का ममेरा ज्येष्ठ भाई, उसके सौजन्य से अभिभूत था। पुरु और तृत्सु उसके कारण एक हो गये थे। जहाँ "हम बड़े"-"हम बड़े" कहकर सारे सप्तसिन्धु में वैमनस्य छाया हुआ था, वहाँ हम इन्द्र के संकल्प में आगे, ऋषि के संकल्प में आगे, उनके सेवक दिवोदास के संकल्प में आगे बढ़कर सभी दस्यु-हत्या के लिए तैयार हैं। भरद्वाज के ज्येष्ठ पुत्र गर्ग दिवोदास के बड़े भाई के समान बराबर साथ रहते। भरद्वाज के पुत्र ही नहीं, दिवोदास के मित्र कुत्स आर्जुनेय आदि भी दस्यु-युद्ध के लिए एक मन से तैयारी करने लगे। उस वर्ष पर्वत-सानु पर फिर असुर (किरात) जाड़ों में आये। आर्यों ने अपने सारे बल का प्रदर्शन नहीं किया। छोटी-मोटी झड़प होती रही, जिसमें इधर-उधर की कुछ गायें हरी गई।

सारथी कुत्स आर्युनेर

'महो द्रहो वज्रस्ययत्पतने शुष्णः।
उरुष एक सरथं सारथये कुत्साम उग्रो पुरोहितः॥'

—ऋक्० १०।१५०

भरद्वाज ने भुज्यु जैसा एक अदम्य सेनापति पाया था। वहाँ पुरुकुत्स भी उससे कम मशहूर नहीं था। पर, साथ ही शंबर के सेनापति शुष्ण, अशुष, कुयव भी कम दुर्दम्य नहीं थे। असुरों की शारदी पुरियाँ यद्यपि केवल जाड़ों भर के लिए होती थीं, पर शंबर को मालूम था, कि यदि पीतकेश हमारी इन पुरियों को उखाड़ सकें, तो फिर क्या ठिकाना है, कि पहाड़ों में भी हम रह सकेंगे। यदि पहाड़ों में हमें बाकी महीनों में रहना है, तो बृहत् पर्वतों के नीचे की भूमि में हमारी शारदी पुरियों को रहना चाहिए, इसके लिए चाहे हमें कुछ भी बलिदान देना हो। शुष्ण ने असुरराज के विचार का समर्थन किया और वह बड़ी तैयारी के साथ उस जाड़े में नीचे उतर आया। अनेक शत-सहस्त्र असुर उसके साथ थे। एक पुरी (मोर्चाबन्द स्थान) अशुष के नीचे थी, दूसरी कुयव के, तीसरी पिप्रु के। इस तरह वंगृह, करंज, पर्णय, वर्ची भी भिन्न-भिन्न पुरियों के नेता थे।

बतला चुके हैं, कि युद्ध में यदि आर्यों का सबसे बड़ा बल अश्व था, तो असुरों का सबसे बड़ा बल था उनका निशाचर होना। रात के वक्त किसी जगह भी असुर-सीमा से पचास-साठ योजन के भीतर आर्यों को नींद नहीं आती थी। न जाने किस वक्त असुर चढ़ आयें। इस पचास-साठ योजन के बाद ही आर्यों के ग्राम पड़ते थे और वह भी झोंपड़े के। जरा से संकेत पर वहाँ के पशु, मनुष्य हटा ले जाते थे। कुत्स को पता लग गया था, कि शुष्ण शंबर का दाहिना हाथ है। उसने निश्चय कर लिया था, कि मुझे शुष्ण से शत्रु-सेना को विरहित करना है। पर, इसका पता लगना आसान नहीं था, कि

शुष्ण किस पुरी का स्वामी है। उसने अपने भेदिये भेजे, पर भेदियों का वहाँ पहुँचना भी आसान नहीं था। पीतकेश तो असुर पुरों तक जा ही नहीं सकते थे, केवल पणि थे, जो आर्यों और असुरों, दोनों के निवास स्थान में साधारणतया पहुँच सकते थे, क्योंकि अच्छे-अच्छे ताम्र के हथियार वही बनाते थे। खाने और भोग की वस्तुओं के व्यापार का काम भी वही करते थे। अपने व्यापार के लिए वह खतरा मोल लेने के लिए तैयार थे। कुत्स ने पणियों को ही भेदिया का काम दे रखा था। एक दिन एक पणि ने कुत्स से आकर एक पुरी का वर्णन किया, जिसका स्वामी शुष्ण है, वह यह समझता था। वहाँ दस सहस्त्र भेड़, बकरियाँ, गायें और घोड़े दिखाई पड़ते थे। पणि ने सनिश्चय तो नहीं कहा, कि जिस पुरुष को उस पुरी का स्वामी उसने समझा था, वह शुष्ण ही होगा? लेकिन शंबर-जैसा वैभव दूसरे किसी असुर सूरि का यदि हो सकता, तो इसी सैनप का। पणि को असुर भाषा भी मालूम थी। उसने अपने कानों शुष्ण का नाम कहते सुना। यद्यपि शत-प्रतिशत निश्चय नहीं था, पर पर्याप्त कारण था, कि कुत्स उस पुरी को शुष्ण की पूरी समझे।

शुष्णपुरी पर आक्रमण करने की बात सोची जाने लगी। दिवोदास भी वहाँ मौजूद था। लोगों का कहना था, असुर अपनी वीरता से उतना नहीं लड़ते, जितना कि अपनी माया से। इसलिए हम उन पर आक्रमण करेंगे, इसका उन्हें पता नहीं लगना चाहिए और न इसका पता होना चाहिए, कि हम कितनी सेना के साथ उन पर चढ़ रहे हैं?

–हाँ, दिवोदास ने कहा–नहीं तो वह भाग जायेंगे।

–और हमें शुष्ण को भागने देना नहीं चाहिए। अब के कुत्स ने कहा–यदि शुष्ण और उसकी सेना को हम नष्ट कर सके, तो शंबर की दाहिनी बाँह काट सकेंगे।

–इसलिए हमें ऐसा सैन्य-संचालन करना चाहिए, जिससे उसके सिर पर पहुँच जाने पर ही शुष्ण को हमारा पता लग सके। –दिवोदास ने कहा।

प्रस्थान करना रात को ही निश्चय हुआ। घोर अरण्यानी थी, जिसमें पेड़ों की शाखाएँ कहीं-कहीं ऐसी आपस में मिल गयी थी, कि उनके भीतर से रात को रास्ता पाना आसान नहीं था और अरण्य हिंसक पशुओं से शून्य नहीं थे। कहीं हाथियों का झुण्ड मिल सकता था, कहीं बाघ और सिंह भी हो सकते थे। यदि हजारों घुड़सवारों को देखकर भयभीत होते, तो जंगल में कोलाहल मच जाता और शत्रु को पता लग

जाता, पथ-प्रदर्शक ढूँढ़े जाने लगे। अरण्यवासी निषाद सामने आये। पर, वह बृहत् पर्वतों की तरफ के जंगलों में नहीं रहते थे। वह दक्षिण के अरण्यों में विचरते थे, तो भी कुछ बातों में अरण्य और अरण्य-पशुओं की समानता होती है। यह ख्याल करता, एक वृद्ध निषाद ने बतलाया–हमें अरण्य में जहाँ-तहाँ से नहीं घुसना चाहिए। इसके लिए छोटी नदियों की सूखी धार अच्छी साबित होगी। विपाश (व्यास) का किनारा पकड़ने पर, रात को पानी के किनारे जन्तु भी मिलेंगे, जो डरते हुए भागकर हमारे आने का भेद खोल देंगे। एक छोटी नदी क्या, बल्कि बड़ा सूखा नाला इसके लिए चुना गया। पणि के कहे अनुसार वह शुष्ण-पुरी के पास से आता था।

यात्रा की सफलता के लिए अग्नि और इन्द्र से प्रार्थना की गई। सारे आर्य वीर अक्षतशरीर शत्रु को हराने में सफल हो।

उस दिन सफेद घोड़ों की जरूरत नहीं थी, क्योंकि उनका रंग रात को भेद खोल देगा। हजारों लाल और श्याम घोड़े दुर्लभ नहीं थे। उन्हीं पर चढ़कर सभी रवाना हुए। कुत्स को दिवोदास ने स्वयं बाँहों में बाँधकर आघ्राण किया। वह नाले के पास तक साथ-साथ आया, फिर घोड़े पर चढ़ कुत्स सारथी (सेनापति) की वाहिनी उत्तर की ओर रवाना हुई। खरगोश, लोमड़ी, सियार रास्ते से निकल भागे। पर नाला सूखा होने से वहाँ और बड़े जानवर नहीं मिले। हाथियों को बाँस या पेड़ों के हरे पत्ते चाहिए, वह भी नाले के किनारे नहीं थे। मृग, गवय आदि के लिए न वहाँ हरी घास थी, न पानी। उनकी ताक में छिपे सिंह और बाघ भी वहाँ न रह सकते थे। इस प्रकार यह सूखे नाले का रास्ता अधिक उपयोगी सिद्ध हुआ। इसमें पत्थर भी कम थे और जो थे, वह भी छोटे-छोटे।

आर्य वाहिनी चलती गई और साधारण चाल से नहीं, बल्कि कहना चाहिए दौड़ती-सी। कुत्स के मन में यही हो रहा था, कि आज सविता जल्दी न उभे, जिसमें अँधेरे-अँधेरे में हम शुष्ण-पुरी पर पहुँच जाये।

अब तक की निर्विघ्न यात्रा से आर्य बहुत आशान्वित हो गये थे। निशीथ के शान्त वातावरण में शब्द के नाम पर केवल घोड़ों की टाप की आवाज सुनाई देती थी। हजारों पैरों की यह आवाज निशीथ के मौन को भंग कर रही थी। लोगों के कानों में वही एक मात्र शब्द आ रहा था। इसी समय आगे चलने वाले घोड़े कान खड़े

कर चौकन्ने होकर एक जगह खड़े हो गये। सवारों ने देखा दाहिनी ओर कुछ दूर पर हाथियों का झुण्ड बरगद की शाखाओं को तोड़कर उनकी छाल खाने में लगा हुआ था। टापों की आवाज सुन कर, सबके कान इधर लग गये। एक बड़ा दन्तावल गजराज, उनसे अलग होकर गौर से देख रहा था। समय नहीं था। जल्दी किसी निश्चय पर पहुँचना था। अपने कुन्तों (भालों) को सम्भाले, सवारों ने आगे बढ़ने का निश्चय किया। हाथियों ने अपने से आकार में इतने छोटे आदमी के पौरुष को पहचाना था। उनको आगे बढ़ते देखकर सभी हाथी भागे। दन्तावल भी उनके पीछे-पीछे चला। वह दाहिनी ओर नदी की तरफ चला गया।

हो सकता है, किरातों की जगह हाथियों से भिड़न्त होती। पर भिड़न्त होने पर हाथी भी बुरी तौर से घायल होते। और इसमें शक नहीं, पीतकेशों में भी बहुत से धराशायी होते। हाथियों के मार्ग छोड़ देने पर आर्यों ने इन्द्र की स्तुति की। आखिर वह इन्द्र के काम के लिए ही जा रहे थे। इन्द्र क्यों न उनकी सहायता करता? अब एक मात्र यही सबके मन में ख्याल आ रहा था, कि उषा का दर्शन कुछ देर और न हो। सब अपने स्वर को साधे चल रहे थे। घोडों का छींकना बन्द नहीं हो सकता था। पर कभी-कभी रात्रि की निस्तब्धता जान पड़ती थी। इसी में वानर के मुँह से निकली आवाज 'पू' हुई। पथ-प्रदर्शक निषाद ने रुककर कानों से सुना। तब एक बार फिर आवाज हुई। कुत्स ने पूछा क्या है?

–यह वानर की आवाज नहीं है, बल्कि किरात वानर की बोली की नकल कर रहा है।

–नकल करने का क्या मतलब, क्या इसमें कोई भय है?

–हाँ, भय है, पुरी के लोगों को सूचना दी जा रही है। हम पुरी से योजन से कम दूरी पर है। पेड़ों के ऊपर ऐसी सूचना देने वाले बीच में जगह-जगह पर बैठाये हुए हैं। इसको सुनकर दूसरा 'पू' वह देखो, कुछ देर पर 'पू' की आवाज हुई। इसी तरह यह 'पू' की आवाजों का ताँता शुष्ण के पास तक लगा हुआ है। अर्थात् अब हम शुष्ण को भी बेखबर नहीं पा सकेंगे। वह जान गया है, कि पीतकेश शत्रु आ रहे हैं। अब वह हमसे लड़ने के लिए सदल-बल तैयार मिलेगा।

कुत्स आर्जुनेय ने जरा भी घबराहट न दिखलाते हुए कहा–यह अच्छा है, क्योंकि यदि शत्रु भागे, तो शुष्ण लड़ने का विचार तो नहीं छोड़ सकता। उसके लड़ने और मरने पर ही हमारे मनोरथ की सिद्धि है।

थोड़ी दूर जाने पर दाहिनी ओर पूर्व दिशा में उषा की लाली दिखाई पड़ी, तो लोगों को प्रसन्नता हुई, कि निशाचर शत्रुओं के साथ दिन में लड़ने को मिलेगा।

कुछ दूर पर जंगल कम हो गया था। पेड़ आदमी के हाथों काट दिये गये थे। काष्ठों की ऊँची-ऊँची दीवारों वाले बाड़े बने हुए थे। इन्हीं में शत्रु की गाएँ और घोड़े थे। रात के वक्त मांसाद जन्तुओं के भय से पशुओं को यहाँ रखा गया था। जैसे पशुओं को काठ के दुर्गों (बाड़ों) में रखकर सुरक्षित रखा जाता, उसी तरह अपनी रक्षा के लिए वह काठ के दुर्ग बनाते थे। सुविधा के अनुसार काठ की जगह अनगढ़ पत्थरों को भी इस्तेमाल करते। इसी गढ़ी को पुरी कहा जाता। गढ़ी की कई पक्तियाँ होतीं। शत्रु को हर पाँति पर मुकाबला करना पड़ता। आमने-सामने होते ही बाणों की सनसनाहट सुनाई दी। शुष्ण, कुत्स-वाहिनी के मुकाबले के लिए तैयार था। पीतकेश भी बाण छोड़ने लगे। बाणों में पीतकेश सबल थे। उनके सभी बाणों के फल ताँबे के होते थे, जबकि असुरों के बाणों में कड़े पत्थर के टुकड़े और हड्डियों को भी रखा जाता। वह ताँबे जैसे तीक्ष्ण नहीं होते थे। पर, विष में बुझे होने से घाव करके जरा-सा छू जाने पर भी आदमी मरने से बच नहीं सकता था। कुछ-कुछ वही बात घोड़ों के बारे में हुई थी। पीतकेशों में प्रत्येक के पास ताँबे के तार के कवच थे, जो असुरों के प्रहार को बहुत कुछ कम कर देते थे।

घोड़े पर चढ़े सवारों को दूर से नजदीक पहुँचने में देर नहीं लगी। फिर असि-युद्ध, गदा-युद्ध, कुन्त-युद्ध होने लगा। पीतकेशों के कुन्त भी बहुत तीक्ष्ण थे और वे सभी कुन्तधारी थे। असुरों की गदाएँ कड़े पत्थर की थीं, जबकि पीतकेशों की गदाएँ ताँबे की अनेक धारों वाली थी। असुरों की गदा सिर को चूर्ण कर सकती थी, जबकि पीतकेशों की गदा चूर्ण करने और काटने दोनों में समर्थ थी। असि भी पीतकेशों की बहुत तेज थी। इसमें शक नहीं, कि जहाँ तक हथियारों का सम्बन्ध था, पीतकेश अधिक दृढ़ थे। नजदीक पहुँचने पर घोडों को उन्होंने छोड़ दिया और द्वन्द्व होने लगा। कुत्स का पराक्रम देखने लायक था। उसकी असि से शत्रु का सिर साफ़ हो जाता था। पुरी के द्वार

(जो यहाँ काठ का था) में पहुँचकर अब हाथ की लड़ाई हुई। आर्य अभी अपने बालों से नहीं पहचाना गया था, क्योंकि प्रकाश कम था। पर, दोनों के आकार को देखने में पता लग जाता था, कि यह पाँच हाथ का पुरुष पीतकेश है और यह तीन-चार हाथ का खर्वशरीर असुर। लेकिन असुर साहस में आर्यों से अधिक थे। इनको लड़ते देख मालूम ही नहीं होता था, कि शरीर के घाव का कोई असर है। जब तक कि घाव इतना अधिक हो, कि वे खड़े होने में असमर्थ हों। एक पाँति पर अधिकार करने में जितना समय लगा, उतना ही अगली पाँति में। सबके अन्त की पाँति में तुमुल युद्ध हुआ। ललकार-ललकार कर दोनों ओर के योद्धा लड़ रहे थे। अपने-अपने देवताओं के जय बोल रहे थे। शुष्ण, पीतकेश सेनापति की प्रतीक्षा में था। वह सम्हल कर खड़ा था, लेकिन अभी तक पीतकेश-वाहिनी का उसके अनुचरों से ही मुकाबला था।

आखिर सूर्य उग गये। अब दोनों सेनापतियों को एक-दूसरे के पास आने का मौका मिला। शुष्ण अपने बन्धुओं की तरह आकार में बहुत लम्बा नहीं था, लेकिन जान पड़ता था—वह जितना लम्बा है, उतना ही चौड़ा भी है। उसके हाथ में विशाल गदा थी, जो एक प्रहार में ही शत्रु के सिर को भुट्टा कर देती थी। सारथी को कुत्स के लिए भय होने लगा। यदि शुष्ण की गदा एक बार भी सारथी के ऊपर पड़ती, तो बचने की उम्मीद नहीं थी। शुष्ण सचमुच ही महान् योद्धा था। दोनों को पास से प्रहार करते देखकर आर्यों के लिए यह सोचना मुश्किल था, कि आज कुत्स आर्जुनेय जीवित रह सकेगा। उसका शरीर लम्बा था, पर साथ ही उसमें मांसपेशियाँ कम थीं। प्रहार करने में दोनों कम नहीं थे और कुत्स ने अपने शौर्य का परिचय भी दिया था।

शुष्ण ने गदा का एक प्रहार किया। कुत्स ने तुरन्त उस स्थान से हटकर बचाव किया। कुत्स बड़ी शीघ्रता के साथ एक जगह से दूसरी जगह हट जाता था। उसकी ताम्रनिर्मित (आयसी) गदा शुष्ण को घायल करने में सफल हुई। शुष्ण पीले वर्ण का था, अर्थात् सोने की तरह। भार और लचक की कमी भी उसमें थी। पर उसका शरीर वज्र-सा मालूम होता। कुत्स की रक्षा तभी हो सकती थी, जब कि इन्द्र स्वयं उसकी रक्षा करना चाहें। इसी समय मालूम हुआ, कि एक सुवर्ण वर्ण पुरुष कुत्स सारथी के पास आकर शुष्ण के हरेक प्रहार को विफल करने लगा। दो-चार बार चलाने पर शुष्ण की गदा टूट गई और सुवर्ण पुरुष ने इतने जोर का वज्र प्रहार किया, कि दूसरे

ही क्षण शुष्ण भहरा कर भूमि पर गिर पड़ा। आर्य दल में हर्षध्वनि होने लगी, पर शत्रु का बल अभी छिन्न नहीं हुआ या, इसलिए वहाँ हर्षध्वनि करने के लिए उनके पास समय कहाँ था।

कुत्स आर्जुनेय का उत्साह नया हो गया। इतनी देर के युद्ध को उसने कुछ नहीं समझा और नये उत्साह के साथ शत्रु-वध करना शुरू किया। शुष्ण के बाद शुष्ण को बचाने के लिए अशुष आया। वह और कुयव, शुष्ण के बराबर थे। ऋजिश्वा और दूसरे आर्य सूरि अब वहाँ आ पहुँचे।

मध्याह्न से पूर्व ही शत्रु-सेना छिन्न-भिन्न हो गई थी। पुरी-क्षेत्र में हताहत असुरों की भारी संख्या पड़ी हुई थी। इन्द्र की सारी रक्षा होने पर आर्य भी काफी हताहत हुए। असुर अब पुरी छोड़कर भाग चुके थे। आर्यों ने कुछ देर उनका पीछा किया, फिर पूरी की चीज सम्भालने और विश्राम करने एवं घायलों की सुध लेने को पुरी छोड़ने के लिए तैयार नहीं हुए और असुर पुरी में घायल और मृत के रूप में ही रह गये।

शुष्ण-पुरी में पशुधन बहुत मिला। अपने पशुओं के लिए ही तो युद्ध का भय मन से हटाकर वे जाड़ों में इस पुरी में आकर रहते थे। पशुओं को अभी उनके बाड़ों से छोड़ा नहीं गया था, क्योंकि सारे पुरुष युद्ध में लग्न थे, जिनमें स्त्रियाँ भी हाथ बंटा रही थीं और बच्चे युद्ध के सामने पशुओं के चराने का ख्याल भी नहीं कर सकते थे। इसी समय पीतकेशों ने गर्गरा बाजे की ध्वनि की, जिसका अर्थ था विजय-घोषणा।

यद्यपि शत्रुराज कुलीतर का पुत्र दुर्दान्त शंबर अब भी जीवित था और जब तक शंबर जीवित था, तब तक मायावी असुर जीवित थे। इस पर आर्य भी सन्देह नहीं कर सकते थे, पर अभी अनेक पीतकेश उनका छक्का छुड़ाने के लिए मौजूद थे।

ऋजिश्वा का युद्ध

"दिवे-दिवे सदृशीरन्यमर्द्ध असेधदप सद्मनो जाः।
अहन्दासा वृषभोव वस्नयन्तोदब्रजे वर्चिना शंबरंच।।"

–ऋक्० ६।३१।४

जाड़ों में चरिष्णु पुरियाँ पर्वत पर सब जगह फैली हुई थीं। आर्यों के लिए इन पुरियों को समाप्त करना सबसे आवश्यक था। युद्ध से विरक्त होने का मतलब था, शत्रु की दृष्टि में पराजय स्वीकार करना। इसलिए अलग-अलग सूरि दल बनाकर असुर सूरियों को लूटने के लिए बराबर जाते रहते थे। दिवोदास ने जिस समय संघर्ष शुरू किया था, उस समय वह बीस-बाइस बरस का तरुण था और शंबर को मारकर संघर्ष में विजय प्राप्त करने में उसको चालीस बरस लगे। उसकी आयु अब साठ से ऊपर हो गई थी। शंबर भी लगभग इसी उमर का था। दिवोदास के जीवन का लक्ष्य शंबर का संहार करना था।

अगले किसी शरद (जाड़ा) काल में ऋजिश्वा को अपना शौर्य पिपु, वंगृद, करंज, पर्णय, मृगयु तीन महा असुरों के सामने दिखाने का मौका मिला। पिपु आदि के साथ पचास हजार असुर सेना लड़ने के लिए तैयार थी। पर, उनको मारकर उनकी पुरियों को तोड़-ताड़ आर्यों ने अधिकार जमाया। यद्यपि सभी असुर पुरियों का स्वामी और रक्षक कोलितर शंबर को कहा जाता, पर 99 या अधिक पुरियों के उतने ही पुरोनायक थे। शुष्ण के मरने के बाद बाकी असुर पुरी-नायकों ने हिम्मत तोड़ दी हो, ऐसा नहीं हुआ। वह दुगुने उत्साह से अपनी हार का मूल्य चुकाते रहे। बृहत् पर्वत के नीचे के क्षुद्र पर्वतों में मोर्चाबन्दी (पुरी लगाने) का सुभीता था। इसलिए पत्थरों की दीवारें बना के जगह-जगह असुर पुरियाँ खड़ी कर दी गई थीं।

असुरों के सामने बार-बार यही प्रश्न आता था। जाड़ों में घमतप्पी करने के लिए यहाँ नीचे के कम शीतल स्थानों में पशुओं और मनुष्यों को लेकर हम आ सकेंगे या नहीं? यदि नहीं आ सकेंगे, तो ऊपर की जगहें जाड़ों में बहुत ठंडी होती हैं। कितने ही स्थानों पर हिम पड़ जाती है, वहाँ पशुओं के लिए चारा नहीं रहता, मनुष्यों को दिन-रात काँपते रहना पड़ता है। ऐसे स्थानों में जाड़ा बिताते कितने ही बूढ़े और रोगी जीवित नहीं रह सकते। इसीलिए अपनी पुरियों की एक-एक अंगुल भूमि के लिए लड़ते रहे।

यद्यपि असुरों के मुख्य शत्रु आर्य थे। वही उनकी पुरियों पर लालच-भरी निगाह डालते थे, पर पणि (प्राग् द्रविड़) और निषाद (भील आदि अत्यन्त काले पुरुष) आर्यों को सहायता देते थे। इसलिए उनके साथ भी असुरों का सम्बन्ध खराब हो गया था। पणि और निषाद पीतकेशों के प्रेमपात्र नहीं थे। उनसे भी वह पशु-जैसा ही व्यवहार करते थे, परन्तु लूट के धन-धान्य में उन्हें भी सम्मिलित करते थे। इसलिए सिंह के साथ सियार की तरह उनके सामने पूँछ हिलाते रहते थे। निषादों और पणियों से असुरों को भी बहुत काम पड़ता था। ताम्र (अयस्) के तीक्ष्ण हथियार के लिए असुरों को पणियों पर निर्भर रहना पड़ता था। निषाद असुरों की तरह ही वनचर थे, जंगल में फिरते रहने वाले, लेकिन दोनों के स्वभाव में बहुत अन्तर था। किरात असुर अपने को आर्यों से किसी तरह कम नहीं समझते थे। वह पर्वत या स्थली अरण्य के पहले से ही स्वामी थे (यदि स्वामी समझे तो आश्चर्य क्या!)। अगले शरद (वर्ष) भाग्य-परीक्षा के थे। युद्ध यद्यपि पिपु, मृगयु, अशुष, कुयव से होता था, पर ऐसा माना जाता था, कि सभी जगह शंबर लड़ रहा है। जिस पुरी को भी बहुत खतरे में देखता, शंबर वहाँ पहुँच जाता। यही बात कुत्स आर्जुनेय, पुरुकुत्स (पुरुवंशी कुत्स), पुरुकुत्स-पुत्र त्रसदस्यु, श्रुतर्य, तुर्वीति, दभीति, ध्वसन्ति, पुरुषन्ति आदि आर्य सूरियों के बारे में थी। वह स्वयं असुर पुरियों पर आक्रमण करते थे। पर उनकी सहायता करने के लिए दिवोदास अपनी चुनी हुई सेना के साथ हर वक्त जाने के लिए तैयार रहता और घोड़ों के कारण वह हर जगह जल्दी ही पहुँच जाता।

बहुत हानि उठाकर पीतकेश समतल अरण्यानी से असुरों को भगा सके। अब वह पर्वत दुर्गों का आश्रय लेते थे, जिनका जीतना अधिक कठिन था, क्योंकि असुर

दुर्ग दुर्गम पहाड़ों पर बने हुए थे, जहाँ ऊपर से वह पत्थर भी लुड़काते थे। स्थान ऐसा चुनते थे जहाँ आर्य अपने घोड़ों की सहायता नहीं ले सकते थे, उनको पैदल ही जाना पड़ता था। इसलिए आश्चर्य नहीं, यदि पीतकेशों को चालीस शरद (वर्ष) इन सौ दुर्गों को सर करने में लगे हैं।

चालीसवें वर्ष अन्तिम युद्ध शंबर के साथ उदब्रज (पानी के गोठ) में हुआ। शंबर ने यह अजेय स्थान चुना था, जहाँ उसका ब्रज (गोठ) एक नदी के जल (उद) के किनारे पड़ता था। संभवतः वह स्थान वर्तमान काँगड़ा हो, जिसका किला 19वीं सदी के आरम्भ तक अजेय समझा जाता रहा, जिसे रणजीत सिंह नैपालियों से आसानी से नहीं ले सके, वही बात अंग्रेजों के लिए भी हुई। इस दुर्ग में पशुओं और मनुष्यों के लिए पानी का सुभीता, भोजन-सामग्री, पशु और धन के रूप में एक से अधिक सालों के लिए जमा की जा सकती थी। आक्रमण करने वालों को एक दुरारोह पर्वत पर चढ़ना पड़ता, जबकि रक्षा करने वालों को ऊपर से पत्थर ढकेलने का सुभीता था। पीछे की कहावतें बतलाती हैं, कि जलन्धर राक्षस का स्थान यहीं था और जलन्धर राक्षस को इन्द्र ने मारा, तो सारी जलन्धर भूमि दस्युओं से मुक्त हो गई। जलन्धर और कोई नहीं है, उसी किरातराज शंबर की महादैत्य के रूप में कल्पना है। उस समय शंबर का पुर सिर्फ वर्तमान किला भर ही नहीं था, उसके किले में दृढ़ताबद्ध पाषाण पुरियों में रहकर वह शत्रुओं का मुकाबला कर रहे थे।

शंबर का दाहिना हाथ सेनापति वर्ची असुर था। 99 पुरियों को जीतने में जितनी कठिनाई का सामना करना पड़ा, उससे कहीं अधिक कठिनाई उदब्रज को जीतने में पड़ी।

यह असुरराज का अंतिम गढ़ था। वर्ची के सौ हजार योद्धाओं का युद्ध बताता है, कि कितना भीषण युद्ध हुआ होगा।

महान् संकट के समय भी शंबर विचलित होने वाला पुरुष नहीं था। पर, स्थिति की गम्भीरता को कम करना भी नहीं चाहता था। उसके बड़े-बड़े वीर सेनापति और योद्धा हजारों की संख्या में मारे गये। रह-रहकर उनकी सूरतें उसके सामने आतीं। कभी शुष्ण की वीरता को याद करता, कभी अपने बाल मित्र कुयव का ख्याल करता। उस दिन वर्ची के साथ युद्ध की मंत्रणा करते हुए उसने कहा था–

–हमारे हरेक वीर ने ऐसा घोर संघर्ष किया, कि विजय बहुत दूर नहीं रह गई। विजय और पराजय तो अंतिम समय में आधे अंगुल का अन्तर भी नहीं रखती है। उतने ही में कोई पराजित हो जाता है, कोई विजयी हो जाता है। अब भी मेरी समझ में विजय और पराजय में उतना ही अंतर है।

–मैं इससे सहमत हूँ। हर संघर्ष में मैं उतना ही अंतर देखता हूँ। पीतकेश अपने बड़े देवता शक्र (इन्द्र) का इसमें हाथ बतलाते हैं।

–शक्र-वक्र किसी का इसमें हाथ नहीं है। हमारे असुर लड़ने में पीतकेशों से पीछे नहीं रहे। क्या नाम था, उस पीतकेश का? शुष्ण ने कहा।

–कुत्स।

–हाँ, कुत्स को मार डालना शुष्ण के लिए कितना आसान था? कहते हैं, यदि शुष्ण का वज्र कुत्स के सिर पर गिरा होता, तो वह वहीं ढेर हो जाता।

–हाँ, हल्का होने से कुत्स फट से अपनी जगह से अलग हट गया।

–बस, इतना ही अन्तर था, जय और पराजय का। यदि हम कुत्स को उस दिन मार सकते, तो पीतकेशों की हिम्मत टूट जाती। वह भागकर अपने नीचे के स्थानों में चले जाते।

–वर्ची, ठीक कह रहे हो। और तुम देखोगे, एक दिन मेरी गदा भी दिवोदास के सिर पर वैसी ही तनेगी। यदि दिवोदास भाग नहीं गया, तो उस वज्र से रक्षा करने वाला उसका इन्द्र भी नहीं हो सकेगा।

पीतकेश बहुत-सी पुरियों को तोड़ चुके थे। उनकी हिम्मत बढ़ती ही जा रही थी, लेकिन असुरों का संघर्ष कम था। इसलिए नहीं, बल्कि सफलता उत्साह को बढ़ा रही थी। पीतकेश योद्धाओं की कमी न हो, इसके लिए ऋषि भरद्वाज ने सारा भार अपने ऊपर ले लिया था। इन्द्र उनके मुख से सारे सप्तसिन्धु में, सारे आर्यजनों में सन्देश भेज रहे थे–शंबर–हत्या समीप है। असुरों पर विजय निश्चित है। ऐसा अवसर बार-बार नहीं मिलता। हरेक आर्य में जो पौरुष का रक्त बह रहा है, उसे इस देवासुर संग्राम में दिखाना चाहिए।

वस्तुतः सारे सप्तसिन्धु से लोग अपने घोड़ों पर चढ़े दौड़े-दौड़े आ रहे थे। उनकी संख्या इतनी अधिक थी, कि सब को भेजा नहीं जा सकता था। ऋषि उनको आवश्यक

स्थानों के अनुसार क्रम से भेजते थे। अब बहुत से स्थान (पुर) रह भी न गये। इसलिए सबको उदब्रज भेजते थे। असुर भी अपने सर्वस्व को उदब्रज के दाँव पर रख चुके थे। उनकी पंक्ति शून्य नहीं होने पाती थी।

वर्ची सौ हजार असुरों के साथ उदब्रज के एक स्थान पर डटा पीतकेशों से संघर्ष कर रहा था। दिवोदास भी वहाँ पहुँच गया। रोज-रोज असुर-संहार हो रहा था। आर्यों के सारे हथियार अयस् (ताम्र) के थे। पर, असुरों के पास अयस् हथियारों की कमी थी। पणि आर्यों की विजय को ध्रुव समझने लगे थे। इसलिए कि उनके कोप के डर से असुरों के पास हथियार नहीं ले जाते थे। असुरों के पास थोड़े ही से अयस् हथियार रह गये थे, बाकी की कमी वह पाषाण हथियारों से पूरा कर रहे थे।

शंबर ने कह दिया था, मरना या जीतना, दो ही बातें हमारे सामने हैं। हम पराजय देखने के लिए जीते नहीं रहेंगे। जब तक जियेंगे, अपनी वीर जाति के अनुरूप जियेंगे। दिन-दिन असुरों की मृत्यु-संख्या बढ़ती जाती और उसकी सूचना शंबर को मिलती थी। पर कुलितर के पुत्र ने वज्र-जैसा हृदय पाया था। उसकी दृढ़ता में जरा भी कमी नहीं आई थी। उस दृढ़ता की बीमारी हरेक असुर के हृदय में थी। मनुष्य नहीं लड़ रहा था, बल्कि देवता मनुष्य के शरीर में आकर लड़ने का प्रोत्साहन दे रहा था।

शंबर ने अंत में पहाड़ के सारे, चश्मों में विष डाल दिया था और जहाँ जल के कुण्ड थे, उन्हें सुखा दिया था। आर्य विष के डर से पानी नहीं पीते थे। पीने पर अनेकों को उन्होंने अपनी आँखों के सामने मरते देखा। चढ़ाई चढ़ने से प्यास और बढ़ जाती। मुख और तालू सूख जाते और कुछ तो असमर्थ हो, वहीं सदा न उठने के लिए पड़ जाते थे। इन्द्र, सोम, वरुण सभी देवता हर वक्त पीतकेशों के सिरों पर आते ही रहते थे। उनके पीले बाल जोर-जोर से हिलते और मुख से शब्द निकलता विजय दूर नहीं है। बढ़े-चलो।

वह देवताओं द्वारा जबरदस्ती खींचकर आगे बढ़ाये जा रहे थे। हर पत्थर के पीछे हर शिला की आड़ में धनुष-बाण लिए असुर छिपे हुए थे। हर कदम पर कोई-न-कोई पीतकेश लुढ़कता।

अंत में वह कुछ समतल-सी पहाड़ी अधित्यका पर पहुँचे। संध्या-राग पश्चिम की ओर फैल गया था और अन्धकार के होने में बहुत देर नहीं थी। दिवोदास ने समझ

लिया–यदि देर की, तो निशा का बल शंबर को मिल जायेगा। कुछ ही पग आगे बढ़ने पर पत्थरों का स्वाभाविक द्वार मिला, जहाँ असुर पंक्ति बाँधे मुकाबला कर रहे थे। पीतकेश भी दिवोदास के साथ आगे बढ़ने में नहीं रुके। उस स्वाभाविक द्वार पर असुरों की लाश पट गयी। एक मरता, उसका स्थान लेने को दूसरा आता। द्वार से आगे बढ़े। फिर एक गुहा मिली। इसमें कम सन्देह था, कि शंबर यहीं होगा। दिवोदास ने ललकार कर कहा–कुलितर-पुत्र, सचमुच तू कायर है। मैं तेरा शत्रु दिवोदास तेरे सामने खड़ा हूँ, आ हम दोनों लड़ें। जो दूसरे को मारेगा, उसी की जीत होगी।

मेघ गंभीर स्वर में दिवोदास क्या-क्या कह गया। इसमें सन्देह है, कि कुलितर-पुत्र ने उसके एक भी शब्द को समझा होगा, पर स्वर की कठोरता और कर्कशता से यह जानने में उसको कठिनाई नहीं होगी, कि उसका शत्रु क्या कह रहा है?

शंबर विशाल वज्र (गदा) हाथ में लिए कुछ कहता, दिवोदास की ओर दौड़ा। दोनों में गदा-युद्ध होने लगा। साध-साधकर अरक्षित अंग पर गदा का प्रहार करते। पर, दोनों बचकर हट जाते। अभी भी इतना प्रकाश था, कि उनके शरीर को देखा जा सकता था। दिवोदास का शरीर अत्यन्त गौर वर्ण, सिर में अत्यन्त पीले केश, हाथ में अयस् का विशाल वज्र उसके विशालकाय पौरुष के अनुरूप था। किरातराज शरीर में थोड़ा ही छोटा था और उसके दीप्तमान मुख को देखते ही बनता था। उस पर मृत्यु की छाया नहीं पड़ रही थी, बल्कि विजय की उमंग नाच रही थी।

पीतकेश और किरात योद्धा चारों ओर से घेरे हुए थे, पर अपने सेनापतियों की आज्ञा के कारण कोई उनकी सहायता के लिए प्रस्तुत नहीं होता था।

दिवोदास कह रहा था, ऐसे बराबर के शत्रु का मिलना बड़ी सौभाग्य की बात है। कुलितर-पुत्र और दिवोदास में द्वन्द्व युद्ध होने लगा। इन्द्र के संकल्प की परीक्षा हो रही थी।

सब की नज़रें इन्हीं दोनों वीरों के शरीरों पर केन्द्रित थीं। अपने सिर पर किये गये प्रहार को दिवोदास हर बार व्यर्थ कर देता। वही बात शंबर के बारे में भी थी। दिवोदास का प्रहार अचूक रहा, उसे उसने शंबर की छाती पर मारा। शंबर एकदम जमीन पर बैठ गया। जान पड़ता है, प्रहार मर्म-स्थान पर पड़ा था। उसको गिरते देखकर, सभी पीतकेशों ने हर्षध्वनि की। शबर निःसंज्ञ हो जमीन पर लेट गया। पीतकेश, किरातों पर

टूट पड़े। इसी समय वर्ची शंबर के शत्रु से बदला लेने आया। पर, कुत्स ने उसे बीच में रोकना चाहा। दिवोदास ने कहा मत रोको। इसे भी आने दो। दिवोदास ने बहुत देर तक उसे अपने पैरों पर खड़ा नहीं रहने दिया। वर्ची भी अपने स्वामी का अनुयायी था।

इस प्रकार शंबर और दिवोदास का युद्ध समाप्त हुआ। इन्द्र की जय-जयकार होने लगी। असुर युद्धक्षेत्र छोड़कर भागे। पीतकेश जितनों को पा सके, उतनों को उन्होंने मारा। कुछ ही दिनों में सारी पर्वत की निम्न स्थली असुरों से शून्य हो गई। वह जाड़े के दिनों में भी बहुत ऊँचे स्थानों में भाग गये, जहाँ आग और चमड़े से अपनी सर्दी को रोकते।

नोट्स

www.ingramcontent.com/pod-product-compliance
Lightning Source LLC
LaVergne TN
LVHW090725170726
843469LV00078B/602

9789356824652